Nancy Drew
Detective

Titre original
Nancy Drew Girl Detective
 # 12 Stop the Clock

ISBN 13 : 978-2-7470-2458-7
Dépôt légal : juin 2008
Loi n° 49 956 du 16 juillet 1949
sur les publications destinées à la jeunesse.

Carolyn Keene

Nancy Drew
Détective

Course contre la montre

Traduit de l'anglais (États-Unis)
par Anna Buresi

BAYARD JEUNESSE

1. Vol !

– Attention, Nancy ! hurla Bess.

– Houlà ! m'écriai-je, écrasant la pédale de frein juste à temps pour éviter un 4x4 qui dévalait Bluff Street.

– Nancy, regarde où tu vas ! Combien de fois faudra-t-il te le répéter ? martela George.

– Désolée, fis-je. Je pensais à la commémoration, et au genre de présentations qu'on pourrait installer.

George avait raison, j'aurais dû être plus attentive à la conduite ! L'ennui, c'est que j'ai toujours mille idées en tête. Comment rester concentrée, quand on a des cellules grises qui carburent à deux cents à l'heure ?

Que je vous explique : nous nous dirigions vers la Mahoney Library, une bibliothèque créée, par plaisir, par la belle-mère de l'actuelle Mme Mahoney – la personne la plus riche de notre région. Dans une quinzaine de jours tout juste, cette institution fêterait le soixante-quinzième anniversaire de sa fondation ; et cela m'excitait beaucoup car j'avais été choisie, parmi les bénévoles prêtes à apporter leur aide, pour participer à l'organisation des réjouissances ! Frances Corning, la bibliothécaire en chef – et mère d'Helen Corning, une de mes amies – m'avait demandé de présider le comité d'organisation.

Le clou de cet événement serait l'antique horloge des lieux. Ben Mullins, un joaillier, en avait fait don à la Mahoney Library voici bien des années. C'est une horloge vraiment exceptionnelle ! Son cadran orné de grands chiffres romains est serti dans un boîtier en or. À chaque angle de ce boîtier, Ben Mullins a gravé le visage d'une personne qui a compté dans l'histoire de River Heights, notre petite ville. Il n'a jamais révélé à quiconque l'identité de ces quatre « héros ». Alors, les spéculations à ce sujet vont bon train, même de nos jours. C'est plutôt amusant : chacun est *sûr* que le portrait d'un de ses ancêtres orne l'horloge !

– Nancy ! cria George. Le feu n'est pas encore au vert !

– Je sais, je sais... j'allais m'arrêter !

– Il n'est généralement pas conseillé de le faire *au milieu* du carrefour, Nancy, observa Bess. Ça entrave la circulation des autres véhicules.

Comme vous le constatez, George et Bess aiment se payer ma tête ! Mais ce sont les meilleures amies du monde, et elles m'apportent une aide précieuse dans mes enquêtes. Ce qui ne les empêche pas de les contrarier en certaines occasions... Prenez Bess, par exemple. À l'en croire, tout escroc a une bonne raison de commettre ses forfaits ! Elle ne veut tout simplement pas admettre que le mal existe, et donc... qu'il se produit parfois !

Quant à George, il m'est impossible de traverser la galerie marchande avec elle sans devoir effectuer une incursion dans les diverses boutiques d'informatique. Comme si ça ne suffisait pas, il faut aussi qu'elle explique dans le détail le fonctionnement de chaque ordinateur ou logiciel. Elle en sait d'ailleurs bien plus à ce sujet que la plupart des professionnels ! Cela lui permet, entre autres, d'aider sa mère à gérer son entreprise de restauration, via leur site en ligne. De plus, George est un as de la recherche sur le Net, où elle peut dénicher tout et n'importe quoi !

Ayant tourné à l'angle de la rue, je me faufilai dans le trafic en disant à mes meilleures amies :

– Je n'ai pas cessé de penser à toutes les histoires qu'on raconte sur l'horloge de la Mahoney Library. Elle a réellement joué un grand rôle dans la vie de nombreux habitants !

– C'est vrai, ça, commenta Bess. C'est au pied de cette horloge, non, que tu as rencontré Ned ?

– Je le connaissais déjà. En revanche, c'est là que nous avons eu notre premier rendez-vous. Ned voulait qu'on sorte ensemble, mais il avait un partiel le lendemain ; alors, je lui ai suggéré qu'on se retrouve à cette bibliothèque, tout simplement. C'est lui qui a choisi l'endroit : sous l'horloge. Il m'a dit que ce lieu l'inspirait.

J'avais rencontré mon copain au lycée, en réalité. Ned fait maintenant des études de lettres à l'université. Il a toujours adoré lire ; il a même pour habitude de se rendre à la bibliothèque, dans ses moments de loisir, pour choisir un livre dans les rayonnages les yeux fermés. Ned habitait à Washington avec sa famille, avant. Et puis, son père a renoncé à la vie trépidante de la capitale pour devenir l'éditeur de notre journal local, *L'Écho de River Heights*.

Ce dont je suis ravie : sans ça, je n'aurais pas connu Ned !

– Je n'ai pas d'anecdote personnelle sur l'horloge, reprit Bess, mais j'en connais une étonnante sur le joaillier qui l'a fabriquée.

– Tu veux parler de la légende du trésor enfoui, je parie, glissa George. Tout le monde l'a entendue cent fois ! C'est exactement le genre d'histoire invraisemblable qu'on trouve dans les romans d'intrigue et de mystère du XIXe siècle.

– Ça se discute, observai-je. En tout cas, beaucoup de gens la croient vraie, à River Heights !

D'aussi loin que je me souvienne, l'une des légendes qui a fait couler le plus de salive, dans notre petite ville, est celle de Ben Mullins et de l'horloge de la bibliothèque. Lorsque Ben Mullins mourut pratiquement sans le sou, les siens eurent un choc : ils l'avaient cru riche, en réalité. Après l'enterrement, certains de ses proches rapportèrent des propos qu'il avait tenus juste avant sa mort : il avait dépensé tout son argent en joyaux, qu'il avait enterrés quelque part, en laissant une carte pour indiquer l'endroit ; ainsi, ses héritiers devraient faire travailler leurs méninges pour retrouver ce qui leur revenait ! Mme Mullins répliqua à qui voulait l'entendre que son mari avait sans doute perdu la tête, vers la fin, et racontait n'importe quoi. Cependant, quand il s'avéra qu'il n'y avait pratiquement plus rien sur leur compte d'épargne, elle se persuada qu'il avait dit la vérité. Et beaucoup d'autres habitants de River Heights en furent convaincus comme elle. Toujours selon la légende, on vit pendant plusieurs mois des gens creuser dans des champs abandonnés, ou sur les berges de la Muskoka, le fleuve qui traverse notre cité. Selon le dires, M. Mullins avait glissé des messages codés dans les annonces professionnelles qu'il avait passées dans la presse avant son décès. Mais, au bout d'un certain temps, les recherches s'arrêtèrent. Il arrivait tout de même encore qu'un chasseur de trésors pense savoir où trouver le magot. Si l'un d'eux avait déniché la fortune enterrée, il n'en avait rien révélé à personne !

Je lançai à mes amies :

– En tout cas, c'est sympa de m'aider en rejoignant le comité d'organisation ! On va s'amuser !

– Certaines personnes de ma connaissance, sûrement ! pouffa Bess.

– Arrête avec ça ! ronchonna George.

Voyant mon air dérouté, elle m'expliqua :

– Bess s'imagine que j'ai accepté d'entrer dans le comité à cause d'Ellis Lamsley.

– Qui est-ce ? m'enquis-je d'un air surpris.

George rougit – ce qui ne lui ressemble pas du tout !

– C'est le nouveau bibliothécaire-documentaliste, précisa-t-elle. Il est aussi coureur de marathon, et il a participé à plusieurs épreuves régionales ! J'espère qu'il acceptera de me donner des tuyaux. En dehors de mes activités au comité, évidemment !

– Je ne savais pas qu'il y avait un nouveau documentaliste ! m'écriai-je. Lamsley, tu dis... Drôle de nom ! Ce n'est pas très courant...

– Ça n'a rien de si spécial que ça, déclara George – non sans rougir de plus belle. J'ai pianoté sur le Net pour récolter des infos sur Ellis. Tout ce qu'on m'avait raconté à son sujet est vrai.

Elle se tourna vers sa cousine et précisa :

– Il retape de vieilles voitures à ses heures perdues, figure-toi. Quand j'aurai couru quelques kilomètres avec lui et fait connaissance, tu auras peut-être l'occasion de l'aider à bricoler... puisque tu parles de rigolade !

– Ha-ha-ha, ricana Bess, gentiment ironique.

En fait, elle n'en était pas à son premier « rendez-vous » de ce genre ! Elle ne se vante jamais de ses talents mais elle est réellement très calée en mécanique, et elle adore bricoler des « tacots » !

Alors que nous parvenions sur le parking d'un supermarché nouvellement ouvert, je me rappelai que j'avais une course à faire.

– J'ai promis à Hannah d'acheter deux bocaux de piments, annonçai-je à mes amies. Si je ne m'en débarrasse pas maintenant, je vais oublier, c'est sûr !

Je mis mon clignotant pour indiquer que j'allais m'engager dans la file de droite, adressai un signe de la main amical au conducteur qui, d'un coup de klaxon, protestait contre ma manœuvre, puis je longeai les voies latérales du parking, jusqu'à ce que je trouve un créneau proche de l'entrée du magasin.

– Je m'abstiendrai de commentaires sur ce qui vient de se produire, laissa tomber George.

– Tant mieux ! répliquai-je avec désinvolture. Bon, je reviens tout de suite.

Je bondis hors de voiture et me hâtai vers l'entrée. Je faillis être heurtée un caddie. À l'instant où je parvenais enfin dans la travée où devaient se trouver les piments, j'aperçus mon amie Lucia Gonsalvo.

Dans d'autres circonstances, j'aurais été ravie. Lucia est notre diseuse de bonne aventure. Elle tient une petite boutique dans River Street et, d'habitude, j'adore écouter ses histoires. Mais là, je n'avais vraiment pas le temps !

– Oh, Nancy ! Nancy ! Qu'elle coïncidence ! lança-t-elle.

Elle a un accent que je n'ai jamais réussi à identifier, et elle n'a jamais révélé à quiconque où elle vivait avant d'emménager à River Heights.

– J'ai pensé à toi toute la matinée, continua-t-elle. Et ce n'était pas favorable !

– Ah ? fis-je, m'attendant à subir un petit numéro de dramaturgie. En quoi ?

– Tu ne vois pas ? Un nuage noir t'enveloppe ! Sois très prudente, aujourd'hui ! Quelque chose de néfaste te menace !

Je levai les yeux. Juste au-dessus de l'endroit où je me trouvais, les plafonniers étaient en panne.

– Tenez, regardez, Lucia, le voilà, votre nuage noir !

– Oh. Nancy, je suis désolée, s'excusa-t-elle d'un air contrit. Je me faisais des idées, il faut croire.

Cependant, après m'avoir examinée un instant de son regard perçant, elle reprit :

– Je persiste quand même à penser que tu dois rester sur tes gardes, aujourd'hui.

– Très bien, Lucia. Je vous promets d'être très attentive à ce qui se passera autour de moi.

– Et tu auras raison ! Tu sais que j'éprouve

rarement des sensations aussi fortes. Je *sens* que tu dois te méfier ! Quant aux piments, tu les trouveras à l'autre bout de cette travée.

Ça alors ! Comment diable avait-elle deviné ce que je cherchais ? Ma foi, pas mal de gens savent, je suppose, que mon père raffole des piments...

Je me dépêchai de dépasser Lucia, dénichai les piments, et m'emparai de deux bocaux au sommet d'une pile. Puis j'allai payer mon achat, et regagnai en toute hâte ma voiture. George, qui avait ouvert la portière, s'apprêtait justement à en descendre.

– Que se passe-t-il ? m'enquis-je.

– J'allais te chercher, pardi ! Tu n'en finissais plus !

J'expliquai que j'avais croisé Lucia, sans mentionner cependant sa « prédiction ».

– Tu as vu Deirdre dans le magasin ? me demanda Bess.

– Non. Pourquoi, j'aurais dû ?

– Eh bien, elle est arrivée juste après toi. Elle s'est garée sur un emplacement réservé aux handicapés, s'est précipitée à l'intérieur et est ressortie avec un petit sac.

– Et pendant ce temps-là, une voiture avec une vignette « handicapé » a tourné en vain sans trouver de place.

– Typique ! commentai-je en m'installant rapidement au volant. C'est Deirdre tout craché !

J'ajoutai après avoir consulté ma montre :

– J'ai promis à Mme Corning d'arriver pour l'ouverture, à neuf heures. On aura un peu d'avance ! Super.

– Qui fait partie du comité d'exposition, à part nous ?

– Ned – même s'il l'ignore encore, répondis-je à Bess. À nous quatre, on pourra très bien se charger de tout, vous ne croyez pas ?

– Et comment ! approuva George. De toute façon, je préfère faire équipe avec vous trois.

– À propos, Bess, repris-je, j'aurais un service à te demander…

– Lequel ?

– Les parents de Ned donnent une soirée en l'honneur d'un ami de la famille qui arrive de Washington, et Ned m'a invitée. Il faut que je sois élégante, donc, j'aimerais que tu m'aides à choisir ma toilette.

Bess s'illumina. Elle adore composer de belles toilettes ! Ma préférence, en revanche, va aux tenues simples et décontractées. Contrairement à elle, je n'ai rien d'une fashion victim ! Mais, ce soir, les circonstances étaient exceptionnelles…

– Je vais choisir pour toi, sois tranquille !

Quand on aura fini, tu auras l'air d'un top model ! m'affirma Bess.

Je ne pus m'empêcher de glousser.

– Qui est l'invité d'honneur ? voulut savoir George.

– Ned ne m'a pas dit son nom, mais c'est un conseiller du président.

– Quel président ? s'enquit Bess.

– LE président, tiens ! Celui qui habite à la Maison-Blanche.

– Oh, *celui-là* ! fit Bess.

– Précisément, lâchai-je tandis que nous arrivions en vue de la bibliothèque. Bon, nous y sommes... Hé, minute ! C'est quoi, toutes ces voitures de patrouille ?

Mes amies se penchèrent en avant avec curiosité, et George commenta ironiquement :

– Sûrement pas pour assurer la sécurité du chef McGinnis ! Ça m'étonnerait qu'il soit venu choisir un bouquin !

Mes amies ne manquent jamais une occasion de railler notre chef de la police. Il faut reconnaître qu'il est plutôt... fainéant. Et chaque fois que j'élucide un mystère dont il n'a pas pu venir à bout, ça l'agace prodigieusement ! J'essaie cependant d'entretenir avec lui des rapports courtois. Après tout, il dirige les forces de l'ordre de River Heights !

Je me garai, et nous bondîmes toutes les trois hors de la voiture, nous hâtant vers l'entrée de la Mahoney Library. Comme nous atteignions le perron, le chef McGinnis poussa le portail et sortit.

Dès qu'il nous vit, il s'immobilisa, levant une main en l'air :

– Tu nous as encore espionnés avec ton scanner spécial, Nancy !

Je réprimai un soupir. Le chef me lance rituellement cette vanne éculée. Il prétend que j'ai un scanner qui me permet d'écouter la fréquence de la police, dans l'espoir de tomber sur une énigme à résoudre. Chacun sait qu'il n'en est rien !

– En réalité, rectifiai-je, nous avons une réunion du comité d'exposition. Qu'est-ce qui se passe ?

– Tu peux assister tranquillement à ta réunion, Nancy. Mes hommes et moi contrôlons la situation.

– Parfait !

Je lui décochai un de mes plus beaux sourires, en prenant un air désinvolte, comme si je ne me doutais pas du tout qu'il s'était produit quelque chose d'inhabituel.

George me lança discrètement un clin d'œil, puis ajouta, se prêtant au jeu :

– Nous dormirons sur nos deux oreilles, chef, puisque vous veillez au grain !

Et nous continuâmes notre chemin. Le chef nous retint :

– Oh, bon très bien, je vais tout vous dire ! Mais n'allez pas vous mêler de l'affaire, cela, c'est *mon* travail.

– Ça va de soi ! approuvai-je, m'immobilisant aussitôt.

« Génial, ça a marché ! » pensai-je. C'était rigolo, tout de même. Parfois, il suffisait d'avoir l'air de se désintéresser *totalement* de la situation pour que le chef crache le morceau !

Il annonça tout à trac :

– Quelqu'un a volé l'horloge de la bibliothèque hier soir. À la place, il n'y a plus qu'un grand trou dans le mur.

2. De mal en pis

J'en restai sidérée. J'avais eu beau prendre l'air indifférent un instant plus tôt, je voulais à tout prix des détails !

– À plus, chef ! lançai-je.

Et, sans lui laisser le temps de répéter qu'il maîtrisait la situation, je poussai la porte et j'entrai dans la bibliothèque avec mes amies.

– Quelle cata ! commenta Bess. Qui a pu voler l'horloge ? Vraiment, *qui* a pu avoir le culot de faire un truc pareil ?

Là-bas devant nous, au comptoir de prêt, Mme Corning s'arrachait les cheveux ou presque : son chignon habituellement impeccable évoquait une aigrette de pissenlit, avec ses mèches pointant en tous sens ! Elle gesticulait avec vivacité en direction d'un policier de la brigade du chef McGinnis.

– Madame Corning ! lui criai-je, oubliant momentanément que nous étions dans une salle de lecture et qu'il fallait respecter le silence.

Elle leva les yeux.

– Oh, Nancy, Nancy ! s'exclama-t-elle. Je suis si contente que tu sois là !

Elle se tourna vers le policier et continua avec hostilité :

– On va peut-être enfin résoudre cette affaire !

« Houlà ! » me dis-je. Ses relations avec les autorités de River Heights menaçaient de se dégrader à la vitesse grand V ! Hâtant le pas, je parvins près du comptoir de prêt. Gratifiant l'officier d'un sourire, je déclarai :

– Nous venons de croiser le chef McGinnis, et je suis convaincue que l'enquête sur la disparition de l'horloge est en de bonnes mains. Je lui ai proposé mes services en cas de besoin. Il reprendra peut-être contact avec moi.

À cette dernière assertion, le policier parut interloqué. Il avait dû entendre un bon million de fois le chef lui dire son exaspération de me voir m'immiscer dans leurs enquêtes ! Mais c'était surtout pour rassurer Mme Corning que j'avais triché. Cela parut en effet la calmer.

– Bon, nous allons pouvoir régler ça, maintenant, reprit-elle à l'adresse du policier. J'imagine que vous avez d'autres affaires à traiter, monsieur l'officier.

– Oui, madame, répondit ce dernier – qui semblait bel et bien soulagé d'être ainsi congédié !

– Allons dans mon bureau, les filles, nous dit Mme Corning. Si nous prenions une tasse de thé pour nous remettre de nos émotions ?

Je me sentais parfaitement zen ! Mais j'adore le thé. Et je n'allais certes pas rater une excellente occasion d'apprendre de quoi il retournait !

Mme Corning nous emmena à l'arrière du comptoir de prêt, dans son bureau. Celui-ci est doté d'une baie vitrée particulière : de l'intérieur, on peut voir au travers ; de l'extérieur, en revanche, il est impossible de distinguer ce qui se passe dans la pièce. Celle-ci est coquettement aménagée, un peu comme si elle était une prolongation de la maison de Mme Corning. Elle y passe beaucoup de temps, et il m'arrive de penser que c'est ma faute. Elle est séparée de son mari, qui vit en Californie. Helen, la fille de Mme Corning, a toujours désiré devenir star de cinéma ; alors, sur ma suggestion, elle est partie habiter avec son père, dans l'espoir de réaliser son rêve. Tout en sachant qu'elle se retrouverait seule, Mme Corning a donné la priorité au bonheur de sa fille. Mais Helen lui manque.

Je pris place avec Bess et George devant une table basse, dans un angle. Mme Corning nous servit du thé à l'anglaise, accompagné de scones et de confiture de fraises, dans une présentation très classe.

– Est-ce que vous voulez me raconter ce qui s'est produit, madame Corning ? lui demandai-je.

– Je n'en ai pas vraiment le cœur, Nancy. Mais nous devons retrouver l'horloge ! Sinon, le soixante-quinzième anniversaire de la bibliothèque ne pourra pas se dérouler comme prévu ! Mme Mahoney y tient énormément, dit-elle en étouffant un reniflement.

Bess demanda :

– Elle est au courant du vol ?

Mme Corning acquiesça.

– Je pense que quelqu'un, ici, l'a déjà prévenue. J'ai réussi à joindre sa gouvernante, qui m'a répondu que Mme Mahoney s'était enfermée dans son bureau à broyer du noir. Et puis cette commémoration était aussi une occasion pour Helen de me rendre visite ! Elle a tant de bons souvenirs de la bibliothèque – et de l'horloge ! J'étais si impatiente de la voir !

– Elle vient ? C'est merveilleux ! m'exclamai-je. Ce sera comme au bon vieux temps !

Le bon vieux temps… Un thème génial pour notre exposition ! pensai-je.

– Mais l'horloge devait être au cœur des festivités, Nancy ! Si le clou de la manifestation n'est plus là, pourquoi Helen se donnerait-elle la peine de venir ?

Étrange commentaire. Helen avait envie de voir sa mère, voyons ! Mme Corning s'était mal exprimée, évidemment…

– Il ne faut pas envisager les choses de cette manière ! protesta Bess. Nancy va retrouver l'horloge, et la commémoration sera un succès !

Se penchant par-dessus la table, Mme Corning me saisit la main et, les larmes aux yeux, elle soupira :

– Oh, Nancy, je savais que je pouvais compter sur toi !

– Je ferai de mon mieux, promis-je, m'efforçant de respecter les prérogatives du chef McGinnis. J'ai de bonnes relations avec la police, alors, je crois qu'en joignant nos efforts, nous récupérerons notre horloge.

– La police ! fit Mme Corning. Allons donc, Nancy ! Avec un chef qui n'a même pas les yeux en face des trous ! Si tu étais l…

Elle n'acheva pas : la porte venait de s'ouvrir.

– Oh, c'est toi, Ellis ! Entre donc prendre le thé avec nous, s'exclama Mme Corning, désignant une chaise libre.

Le nouvel arrivant était Ellis Lamsley !

Il sourit, et l'atmosphère de la pièce en parut comme réchauffée. Tandis qu'il soulevait la chaise et la portait à travers la pièce avec aisance, je le suivis des yeux malgré moi. J'avais vu, au théâtre ou à la télévision, beaucoup de top models et de jeunes premiers qui étaient loin d'être aussi beaux ! Mais je remarquai aussi que, juste avant d'approcher, Ellis avait jeté un coup d'œil dans le miroir suspendu au mur pour s'assurer qu'il était bien coiffé.

Nul, non ?

– Nancy, Bess, George... je vous présente Ellis Lamsley, notre nouveau documentaliste, annonça Mme Corning. Ellis, voici Nancy Drew et ses deux grandes amies, Bess Marvin et George Fayne.

– Enchanté, dit Ellis.

Le sourire qu'il décocha à Bess semblait signifier : « Je sais, tu me trouves beau, et tu es sûre que je suis déjà pris ; mais si tu sais y faire, je te proposerai peut-être de sortir avec moi. »

De plus en plus nul !

Bess le gratifia d'un sourire charmeur – qui n'était pas de nature à surprendre Ellis, j'en aurais mis ma main au feu. Mais je savais qu'elle n'avait pas manqué de faire les mêmes observations que moi, et qu'elle se montrait simplement polie.

– Nancy a accepté d'aider la police à retrouver l'horloge, lui apprit Mme Corning. Tu es nouveau en ville, tu ne connais sans doute pas ses talents de détective.

– Tout au contraire ! affirma-t-il avec suffisance. J'ai consulté sur microfilms un grand nombre d'anciens numéros de *L'Écho de River Heights* pour me familiariser avec mon nouveau port d'attache. Le nom de Nancy y figure très souvent !

– Eh bien, lui dis-je, je pense qu'on m'accorde beaucoup trop de mérite dans ces articles. Mais pour ce qui est de consacrer une grande partie de mon temps à résoudre les énigmes policières de River Heights, je plaide coupable !

– L'affaire est en de bonnes mains ! affirma Ellis à Mme Corning.

Il confia en baissant la voix :

– J'avoue ne pas avoir grande confiance dans les capacités du chef McGinnis.

Heureusement, George changea de sujet :

– Ellis, je suis très impressionnée par tes victoires aux épreuves de marathon ! On pourrait peut-être s'entraîner ensemble ? Comme ça, je profiterais de ton expérience…

– Pourquoi pas ? fit Ellis, qui s'empressa d'ajouter à l'adresse de Bess : Et toi, tu cours ?

– Oui et non… tout dépend de la personne qui m'a prise en chasse ! répliqua Bess en lui décochant un clin d'œil.

Il fut désarçonné par cette repartie qu'il n'avait pas prévue ; mais il ne tarda pas à se ressaisir, lui rétorquant avec un sourire :

– Nous verrons… Si tu es d'accord, on en discutera après notre réunion.

Je le regardai avec surprise.

– Oh, Nancy, pardon, j'ai oublié de t'en parler, s'excusa Mme Corning. J'ai prié Ellis de t'assister au comité. J'espère que ça ne pose pas de problème.

– Bien sûr que non, déclarai-je, décidée à être positive même si cette initiative n'était pas de nature à m'enchanter. Plus on est de fous, plus on rit !

– C'est super, glissa George.

– Est-ce que tu cours, Nancy ? s'enquit Ellis.

– Nancy a déjà un copain ! lui lança vivement Bess.

À cette réplique, je vis passer un éclair de colère dans le regard d'Ellis. Il n'était pas accoutumé à ce qu'une fille lui tienne la dragée haute, c'était clair. Il avait plutôt l'habitude qu'elles se pâment devant lui. Mais il se reprit vite !

– Ça ne coûte rien d'essayer ! commenta-t-il avec un clin d'œil à notre adresse.

Sur les nerfs, impatiente de démarrer mon enquête – ou de tirer des plans, je repris :

– En tout cas, merci pour l'invitation, Ellis. Bon, maintenant que nous avons fait connaissance...

La porte se rouvrit une fois de plus, et Willy Franklin, le gardien de la Mahoney Library, passa une tête par l'entrebâillement :

– J'ai trouvé le mot que vous m'avez laissé, madame Corning ! Vous vouliez me voir ?

– Entrez donc, Willy ! dit Mme Corning. Nous allions commencer la réunion sur la commémoration de notre soixante-quinzième anniversaire.

Sarcastique, Willy répliqua :

– Je ne vois pas ce que cet endroit a de si extraordinaire pour que vous vouliez fêter sa création !

– Des tas de choses, affirmai-je. Sa belle horloge, pour commencer.

– Pff ! ricana Willy. C'est que tu n'as pas encore vu le grand trou dans le mur ! Mais c'est peut-être ce que tu veux célébrer ?

À l'instar de Bess, je suis en général encline

à chercher le bon côté de n'importe quelle personne. Pourtant, en ce qui concerne Willy Franklin, j'ai toujours eu beaucoup de mal ! C'est un bonhomme vraiment désagréable, qui semble vouer une rancune tenace à la terre entière ! Ce qui a parfois perturbé le cours de mes enquêtes... Car il est difficile de ne pas le soupçonner des pires méfaits !

– Nancy compte retrouver l'horloge avant la commémoration, lui déclara Ellis. Pour le cas où vous l'ignoreriez, c'est une détective hors pair.

Et vlan ! Pourquoi avait-il fallu qu'il lâche une chose pareille ? Je savais ce qui allait suivre...

– Oh, je suis parfaitement au courant ! siffla Willy, qui vint s'asseoir près de Mme Corning en me décochant un regard mauvais. Mais il se pourrait que le voleur soit plus futé que cette demoiselle !

J'eus fort envie de rétorquer à M. Franklin : « C'est de vous-même que vous voulez parler sans doute ? » Je m'en gardai bien, évidemment. Se pouvait-il qu'il soit responsable de la disparition de l'horloge ?...

Se renversant en arrière sur son siège, et croisant ses mains derrière sa nuque, il nous assena :

– À mon avis, vous devriez me laisser boucher ce trou dans le mur, et oublier l'horloge !

Mme Corning faillit s'étrangler :

– Cela ne risque pas d'arriver, alors, autant garder pour vous cette idiotie ! Nancy… si tu expliquais à Willy ce que tu attends de lui ? Je suis sûre qu'il a besoin de se libérer au plus vite pour vaquer à ses occupations.

– Parfaitement, j'ai besoin de dormir avant de revenir faire du nettoyage ce soir ! grogna Willy.

Je savais qu'il avait causé du grabuge au cours des années passées – des disputes avec des voisins qui avaient parfois tourné à la bagarre. Mais je n'aurais pas cru qu'il puisse être aussi grossier ! Non content d'être impoli, il se montrait aussi très insolent ! Comment pouvait-on tolérer sa présence ?

Quelle cata ! La commémoration des soixante-quinze ans d'existence de la bibliothèque – un événement que j'avais attendu avec impatience – menaçait de tourner à la corvée à cause d'Ellis et de M. Franklin !

Je poussai un profond soupir. Que cela me plût ou non, j'étais chargée d'organiser la manifestation. Alors, c'était à moi de veiller à ce qu'elle soit un succès. Et c'était exactement mon intention. D'une façon ou d'une autre, je retrouverais l'horloge ! D'une façon ou d'une autre, je réussirais à travailler avec ces deux individus !

Je gratifiai M. Franklin d'un de mes plus beaux

sourires. Comme je le dis toujours, rien de plus désarmant que la gentillesse !

– Merci d'être venu, monsieur Franklin, commençai-je. Nous apprécions votre serviabilité, et nous ne vous retiendrons pas plus que nécessaire. Nous aurons besoin de votre aide pour les présentoirs, les lutrins… ce genre de chose. Je vais certainement redisposer les vitrines pour mettre en valeur nos nouvelles présentations. Mme Corning m'a informée qu'il y a des vitrines supplémentaires au sous-sol. Nous irons y jeter un coup d'œil pour choisir celles que vous aurez à nettoyer et à monter dans la salle de lecture.

Je marquai une pause pour lui décocher un nouveau sourire éblouissant, et conclus :

– Voilà, ce sera tout pour aujourd'hui. Encore une fois merci d'être venu.

Il hocha la tête et renifla avec dédain et quitta la pièce sans autre commentaire.

– Il est d'une insolence ! Si je pouvais me débarrasser de lui, je le ferais, nous avoua Mme Corning. Mais il est plus ou moins apparenté à Mme Mahoney du côté de feu son mari, je crois… Alors, je ne le renvoie pas. Je ne voudrais pas contrarier notre fondatrice.

À la surprise générale, Ellis fit valoir :

– Oh, je parie qu'il a bon cœur, au fond. Il

doit être mécontent de sa condition, c'est tout.

– Pour être mécontent, il l'est, ça c'est clair, grommela George.

– Est-il vraiment nécessaire de l'associer à notre travail ? s'enquit Bess.

– Nous pourrions sans doute nous charger de la manutention..., commençai-je.

Bess me coupa aussitôt :

– Non, merci ! Je ferai tout simplement comme si ce monsieur n'existait pas.

– Il reste longtemps seul ici ? m'enquis-je.

– Environ deux heures. De la fermeture de la bibliothèque, à dix heures du soir, jusqu'à la fin de son service à minuit, précisa Mme Corning. Pourquoi, Nancy ?

– Oh, simple curiosité.

– Je ne crois pas que Willy soit mêlé à la disparition de l'horloge, Nancy, si c'est ce que tu suggères, glissa Ellis. Il est très déplaisant, ça, d'accord. Mais franchement, je doute qu'il soit assez intelligent pour monter une pareille opération. Comme il l'a d'ailleurs observé lui-même, l'auteur du méfait est sûrement très futé !

Avant que je puisse répondre à cette remarque, la porte s'ouvrit de nouveau et une voix claironna :

– Désolée d'être en retard ! J'espère que je n'ai rien manqué d'important ?

C'était Deirdre Shannon !

– Tiens donc ! Salut, DeeDee ! fis-je – je n'ignore pas qu'elle a ce surnom d'enfant en horreur. Que fabriques-tu ici ?

Traversant la pièce à grands pas pour venir s'asseoir sur le siège libéré par M. Franklin, elle déclara :

– Je fais partie de ton comité, Nancy.

Pour le coup, je restai sans voix. Je me contentai de regarder Mme Corning.

– Je n'étais pas au courant, parvins-je enfin à lâcher.

– Oh, je suis désolée, ma chère petite ! Le vol de l'horloge m'a tellement bouleversée que je ne sais plus où j'ai la tête ! s'exclama-t-elle. Deirdre m'a téléphoné ce matin pour proposer ses services. Et comme il y a beaucoup de travail, j'ai pensé que tu ne demanderais pas mieux que de la recruter.

« Ah, non, pas ça ! » pensai-je. L'horloge de la bibliothèque s'était volatilisée. M. Franklin ne cherchait qu'à compliquer les choses. Et Deirdre allait nous empoisonner la vie. Décidément, tout allait de mal en pis !

3. La menace de Ralph Mullins

Mâchoires serrées, je dis :

– Nous sommes ravis de t'avoir avec nous, Deirdre. Mais tâche de ne pas être en retard aux prochaines réunions, s'il te plaît !

– J'étais à l'heure, Nancy, figure-toi ! me répliqua-t-elle. Je me suis même présentée ici avant tes amies et toi.

– Vraiment ? Et où te trouvais-tu, alors ?

– Nancy, tout est ma faute, glissa Mme Corning. Lorsque Deirdre est arrivée, c'était le chaos, car on venait de découvrir le vol. Alors, je lui ai demandé si elle voulait bien donner un coup de main dans le département des ouvrages pour enfants. Elle a accepté sans hésiter, je dois le reconnaître, conclut-elle en adressant un grand sourire à Deirdre.

Alors, là, elle est bien bonne ! Deirdre, *assistante bibliothécaire* ? On aura tout vu !

– C'est vraiment très gentil de ta part, Deirdre, susurra Bess. N'est-ce pas, George ? Tu ne trouves pas que c'est adorable ?

– Mignon tout plein ! fit George. Justement, Deirdre, nous parlions de toi, ce matin, lorsque nous t'avons vue te garer sur le parking. « Deirdre est quelqu'un de sensible, compatissant et attentionné », voilà ce qu'on disait. Le genre qui aide les vieilles dames et les vieux messieurs à traverser ; le genre qui n'irait jamais stationner sur un emplacement réservé aux handicapés ; le genre… enfin, bon, inutile que je continue !

Deirdre devint aussi rouge qu'une pivoine.

– Bon, repris-je, si nous commencions la réunion ? À mon avis, nous devrions d'abord…

– Ned est très déçu que tu ne veuilles pas de lui dans ce comité ! me coupa Deirdre. Moi aussi, d'ailleurs. Parce qu'il a de très bonnes idées, je trouve !

– Qu'est-ce que tu racontes ? Ned fait partie du comité, lui déclarai-je – sans préciser que mon copain n'était pas encore au courant. Et d'ailleurs, quand l'as-tu vu ? continuai-je en ignorant son regard soupçonneux.

Elle précisa avec un petit sourire satisfait :

– Ce matin, au syndicat des étudiants, où j'ai pris mon breakfast avec une amie. Je ne lui ai pas caché que je désapprouvais ton attitude !

– De quel droit lui as-tu dit ça ?

– Parce que c'est la vérité ! Ned ne savait même pas que ce comité existait ! révéla-t-elle d'un air triomphant. Tu as prétendu le contraire juste pour parler, c'est tout !

– C'est faux, Deirdre, lui assenai-je, prenant à témoin l'ensemble des personnes présentes. Ned Nickerson est membre de notre association ! Mais il a un partiel de lettres, ce matin, il ne peut donc pas assister à cette première réunion. Je le retrouve ce soir pour l'informer des questions que nous aurons traitées.

Ce n'était pas réellement un mensonge. Chaque fois que j'avais parlé à Ned, ces derniers temps, il était accaparé par ses révisions. Je n'avais tout simplement jamais eu l'occasion de mentionner ce projet !

Bess et George eurent un sourire en coin. Sarcastique, Deirdre rétorqua en continuant à poser sur moi un regard suspicieux :

– Mettons qu'il a oublié ce rendez-vous... Mais je peux le mettre au courant avant ce soir, si tu veux. Je retourne à l'université, cet après-midi, et mon amie travaille dans le département de prêt de livres. J'y verrai sans doute Ned, il y est souvent, et moi aussi !

Décidément, cette fille ne renonce jamais ! Je m'empressai d'accepter :

– Excellente idée, Deirdre ! Vas-y !

Je m'expliquerais avec Ned plus tard. Il penserait peut-être même que l'oubli venait de lui. De toute façon, il comprendrait, il est habitué à ma manière de fonctionner…

Deirdre fut assez surprise de ma réaction. Elle se garda cependant d'émettre des commentaires, cette fois !

Bess et George, elles, me dévisageaient maintenant comme si j'avais perdu la tête. Mais, il est inutile, sur ce sujet-là, d'essayer d'avoir le dernier mot avec Deirdre. Elle n'arrêtera de draguer Ned que le jour où quelqu'un l'enfermera dans une pièce pour le reste de son existence, sans aucun moyen de communication ! D'ailleurs, Ned est imperméable au charme qu'elle s'attribue ! Elle pouvait lui donner sa version des faits autant qu'elle voulait, je rectifierais le tir le moment venu !

Revenant à mon rôle de présidente du comité, je déclarai :

– J'aimerais en premier lieu que nous fassions une visite collective de la bibliothèque pour choisir les endroits les plus appropriés à l'installation de nos vitrines d'exposition.

– Excellente idée, Nancy ! approuva en se levant Ellis. Je suis tout disposé à vous remplacer pour ce tour du propriétaire, madame Corning, si vous avez d'autres obligations.

– Volontiers, Ellis, merci ! Dans le remue-ménage de ce matin, j'ai oublié que je devais établir le budget et le communiquer à Mme Mahoney. Elle aime y jeter un coup d'œil avant de le transmettre à son comptable.

Au moment où Ellis ouvrit la porte, un brouhaha inhabituel nous parvint. Cela nous arrêta net dans notre élan. On se serait crus au centre commercial un samedi après-midi, et non dans une salle de lecture !

– Bonté divine ! s'exclama Mme Corning. Que se passe-t-il ?

– Je crois le deviner, lui dis-je. Je parie que la nouvelle du vol s'est répandue, et que tout River Heights est venu voir sur place !

– Pas question de tolérer ça ! fit-elle. C'est inadmissible.

– La bibliothèque est ouverte au public, lui rappela Ellis. Vous ne pouvez pas demander aux gens de s'en aller.

Il avait raison.

– J'ai une idée, dis-je. Si nous tirions parti de la situation ?

– Comment ? fit Deirdre. Avec une pareille bande d'idiots !

– Des *idiots* ? ironisa George. Bess, c'est bien le maire, là-bas, non ? L'homme qui montre le trou dans le mur ?

– Tu as tout à fait raison, George, confirma sa cousine. Je reconnais aussi M. Nickerson, Harold Safer, Evaline Walters…

Elle se tourna vers Deirdre :

– Ça m'étonnerait qu'ils apprécient d'être traités d'idiots.

Deirdre parut sur le point d'étouffer, tant elle suffoquait de colère. J'ajoutai pour faire bonne mesure :

– Oh, regarde, Deirdre ! Ton père est là aussi !

Elle s'obstina :

– Je pense que nous devons nous en tenir à la visite de la bibliothèque. Nous sommes déjà en retard sur notre programme, le temps presse.

Mme Corning s'enquit :

– Quelle est ton idée, Nancy ?

– Eh bien, ces gens sont sans doute choqués par le vol, sinon, ils n'auraient pas quitté leur travail pour venir. Cela signifie probablement qu'ils avaient un lien particulier avec cette horloge, et qu'ils ont une histoire à raconter à son sujet !

– Oui ! m'approuva Bess. Exactement comme nous l'avons fait tout à l'heure en nous rendant ici !

– Il serait très intéressant de préparer une vitrine sur la valeur affective que cette horloge revêt à leurs yeux, continuai-je. Demandons-leur de s'asseoir à une table pour rédiger leurs souvenirs à ce sujet !

– En quoi une stupide horloge pourrait-elle représenter quelque chose ? Si c'est pour savoir combien de fois ils l'ont consultée pour connaître l'heure, merci bien ! railla Deirdre. C'est fou comme ça promet d'être passionnant !

– Nous verrons, dis-je tranquillement. Madame Corning, auriez-vous du papier et des stylos à distribuer ?

– Certainement, Nancy. Nous en avons toute une provision pour les activités enfantines.

Bess décida :

– Nancy, Ellis, allez expliquer à ces gens ce qu'on attend d'eux. George et moi allons chercher les fournitures.

– D'accord, dis-je. Merci, Bess !

Ellis et moi nous dirigeâmes vers la foule amassée au pied de l'emplacement de l'horloge.

– Adressons-nous d'abord à M. Nickerson !

suggérai-je. Il a l'habitude de rédiger des articles pour le journal. Il ne refusera certainement pas d'écrire un papier sur ses souvenirs liés à l'horloge.

– Excellente idée ! approuva Ellis. S'il accepte, les autres seront d'autant mieux disposés à l'imiter.

C'était bien ce que j'escomptais !

– Monsieur Nickerson ! appelai-je.

– Oh, salut, Nancy ! fit-il en levant les yeux.

Désignant le grand vide dans le mur, il ajouta :

– C'est triste, n'est-ce pas ? Quelle catastrophe !

– Oui. Mais je suis sûre que l'horloge retrouvera bientôt sa place !

– Espérons-le.

– Du moment que Nancy Drew mène l'enquête, c'est pour ainsi dire une affaire réglée, glissa Ellis.

Rappelée à mes bonnes manières, je m'écriai :

– Oh, excusez-moi. Monsieur Nickerson, je vous présente Ellis Lamsley, le nouveau bibliothécaire-documentaliste.

– Enchanté de vous rencontrer, Ellis, dit M. Nickerson.

– Tout le plaisir est pour moi. Je suis un fan de votre journal.

– Merci.

– Quand je lis vos éditoriaux sur le président et la politique du Congrès, continua Ellis, je n'ai pas du tout l'impression d'être dans une petite ville. Vos articles sont vraiment du niveau de ce qu'on trouverait dans un journal de Washington !

– Vous me flattez ? fit en souriant M. Nickerson. Eh bien, je suis content de n'avoir pas perdu la main !

– Les Nickerson vivaient à Washington avant de s'installer ici, expliquai-je à Ellis, qui semblait perplexe. M. Nickerson était un célèbre journaliste d'investigation, là-bas.

Ellis fut visiblement impressionné.

– Monsieur Nickerson, repris-je, je préside le comité d'exposition, et l'anniversaire de la bibliothèque approche, comme vous le savez.

Il eut un geste vers le trou béant dans le mur :

– Il manquera quelque chose d'important à cette commémoration, n'est-ce pas ?

– Certes ! C'est pourquoi j'ai pensé demander au plus grand nombre de personnes possible de raconter ce que l'horloge de la Mahoney Library représente pour elles. J'aimerais que vous soyez le premier. Vous acceptez ?

– Évidemment, Nancy ! Mais je dois t'avouer que je n'ai pas mon calepin sur m…

– On vous apporte ce qu'il faut, annonça Bess, nous rejoignant.

Deirdre et George la suivaient de près, chargées de stylos et carnets à spirale. Je pris ce qu'il fallait dans le lot pour dépanner M. Nickerson :

– Ned était fasciné par cette horloge quand il était gamin ! m'expliqua-t-il. Elle ressemblait à celle de Washington qui lui a servi à s'entraîner à lire l'heure.

Cela m'arracha un sourire.

– Je ne savais pas, dis-je.

Deidre ne put s'empêcher d'ajouter son grain de sel :

– Oh ! C'est si émouvant !

Puis, voyant que nous la dévisagions, elle lâcha :

– Ben *quoi* ?

M. Nickerson s'installa pour rédiger ses souvenirs, et nous circulâmes parmi les lecteurs pour les prier d'apporter eux aussi leur contribution. Je pris soin, pendant cette opération, de garder mes distances avec Deirdre !

Comme c'était prévisible, certaines personnes n'accédèrent pas à notre requête. Mais beaucoup d'autres se montrèrent plus coopératifs !

Tout à coup, j'aperçus Evaline Walters un

peu à l'écart du groupe de badauds. Elle se tamponnait les yeux avec un mouchoir. Je me précipitai vers elle. Evaline Walters est la première bibliothécaire que j'aie connue, et elle reste ma préférée. Depuis qu'elle a pris sa retraite, et ne tient plus la bibliothèque municipale de River Heights, elle s'est retirée dans sa petite villa, à quelques pâtés de maisons de la Mahoney Library. Elle avait dû remarquer le remue-ménage, et venir voir de quoi il retournait.

– Madame Walters ! l'appelai-je.

– Oh, Nancy ! Quelle tragédie ! Je ne sais vraiment pas quoi…

– Excusez-moi ! tonna une voix masculine. J'ai une annonce à faire !

Je pivotai sur moi-même. Un homme était apparu à l'écart de la foule, que je ne connaissais pas.

– Qui est-ce ?

– Juste ciel ! me souffla Evaline Walters. C'est Ralph Mullins ! Le fils de Ben Mullins, le joaillier qui a fabriqué l'horloge.

Alertés par le bruit, Mme Corning et tous les autres documentalistes étaient sortis de leurs bureaux. Ralph Mullins se tourna dans leur direction et hurla :

– Si cette horloge a disparu, c'est votre

faute, Frances ! Auriez-vous oublié l'accord que cette institution a passé avec mon père ?

– Oh, non ! souffla Mme Walters.

Je vis qu'elle avait pâli. Que diable se passait-il ?

– Eh bien, je vais vous le rappeler ! scanda M. Mullins. Il spécifie que, si vous n'assurez plus la protection de l'horloge, elle doit revenir à ma famille !

Un sourire erra sur ses lèvres, et il révéla :

– Nous avons engagé un détective privé ! Quand il la retrouvera, elle sera à nous !

4. Ned à la rescousse

Je vous laisse imaginer l'effarement général ! Frappés de stupeur, nous suivîmes du regard M. Mullins, qui quittait la salle de lecture au pas de charge.

Je regardai ensuite Mme Corning, et vis la peur se peindre sur son visage. Je me précipitai vers elle.

– Ça va ? lui demandai-jc.

Elle parut sortir d'une sorte d'état second, et lança :

– Si ça va ? *Si ça va ?* Nancy ! Si la bibliothèque est dépossédée de l'horloge, je perdrai aussi mon travail ! Jamais Mme Mahoney ne pourra admettre une chose pareille ! Alors, non, ça ne va pas du tout !

Là-dessus, elle éclata en sanglots hystériques et se sauva. Ce fut le moment que choisit Ellis pour observer :

– Je crois qu'elle est au bord de la crise de nerfs, pas toi ?

Je poussai un grand soupir. Cela ne ressemblait vraiment pas à Mme Corning de « craquer » de cette manière ! J'aurais dû me préoccuper de son état, mais en même temps, j'éprouvais le besoin de rester sur place. L'intensité de la situation me gagnait.

Comme un ou deux documentalistes se dirigeaient vers le bureau de Mme Corning, je me sentis dégagée de cette responsabilité. Je me demandai, en revanche, pourquoi Ellis n'avait pas suggéré que quelqu'un aille veiller sur elle…

– Est-ce que cela ira, Nancy ?

Je me retournai. Mme Walters me tendait plusieurs feuilles de papier, couvertes de sa fine écriture, en ajoutant :

– J'ai mis tout ce qui me venait à l'esprit.

– Oh, merci beaucoup ! Cela va nous aider énormément ! la remerciai-je.

Puis, après une hésitation :

– Madame Walters… ce que M. Mullins a affirmé est-il vrai ? L'horloge revient à sa famille si la Mahoney Library n'en assure plus la protection ?

– Je crains bien que oui. Lorsque Ben Mullins a offert l'horloge, le contrat établi comportait cette clause, à laquelle la bibliothèque n'a pas pris garde. Il faut reconnaître qu'à l'époque, si quelqu'un avait suggéré que l'horloge pouvait être volée, on lui aurait ri au nez !

Evaline Walters hocha la tête d'un air triste.

– Je rentre, annonça-t-elle. J'ai mon compte pour aujourd'hui ! Je ne suis plus habituée à tant d'agitation.

– Au revoir, et encore merci ! Oh, pardon, attendez une seconde ! me ravisai-je. En tant que présidente du comité d'exposition, je suis rattachée à la Mahoney Library, pour ainsi dire, non ? Si je retrouve l'horloge, cela prouvera que la bibliothèque respect le contrat ?

– Mon Dieu, je crois que oui. C'est un peu tiré par les cheveux, Nancy, mais je suis sûre que ton père pourrait faire admettre l'argument devant un tribunal ! Personnellement, je ne doute pas que Nancy Drew résoudra le mystère de l'horloge !

Là-dessus, elle sortit.

– Bien vu, Nancy ! commenta Ellis. Bon, si on aidait Bess et George à ramasser les contributions des lecteurs ?

– Entendu, chargeons-nous de ça.

Il s'avéra que mes amies avaient déjà rassemblé

tous les autres écrits. Plusieurs personnes ayant fini par décider de ne pas rédiger leurs souvenirs, il n'y avait pas autant de documents que je l'avais escompté. Mais ce que nous avions réuni nous permettrait tout de même de réaliser une vitrine très intéressante.

– Où est Deirdre ? demandai-je en constatant que cette dernière n'était plus là.

– Oh, elle devait *absolument* passer à la bibliothèque de l'université ! lâcha Bess d'un ton décontracté. À son avis, Ned doit être mis au courant de toute urgence.

– Bien sûr ! Où ai-je la tête ? fis-je, levant ironiquement les yeux au ciel.

– C'est vrai, ça ! Tu n'es qu'une écervelée ! s'amusa Bess.

– Nancy, si tu n'as plus besoin de nous, nous partons aussi, m'annonça George. Je dois programmer un certain nombre de données sur mon ordinateur, pour ma mère.

– On en a terminé pour aujourd'hui, annonçai-je. Je vous téléphonerai ce soir, lorsque Ned m'aura ramenée à la maison.

– Zut, j'ai oublié ! s'exclama Bess. J'avais promis de t'aider à choisir une toilette !

– Aucune importance, Bess. Je me débrouillerai toute seule, pour une fois.

– Je ne doute pas que tu t'en tireras, comme

d'habitude, observa-t-elle avec un grand sourire. La question est : *comment* ?

– Oh, ça va, hein ! râlai-je gaiement. Je te jure de faire très attention, et de ne pas faire injure aux canons de la mode !

Après le départ de mes amies, je m'attachai à questionner Ellis. Je voulais un complément d'informations.

– Pourquoi la famille Mullins tient-elle tant à récupérer l'horloge ? lui demandai-je. Elle est belle, mais beaucoup trop grande pour un appartement. Qu'iraient-ils en faire ?

– La vendre.

– La *vendre* ? C'est dégueulasse !

– Ce ne sont pas des gens très bien, si tu veux mon avis. En tout cas, cette horloge rapporterait sans doute beaucoup d'argent si elle était mise sur le marché.

– Tu dois avoir raison. Si c'est ça, je suis encore plus motivée pour la retrouver. Elle a été conçue pour cette bibliothèque, et rien d'autre !

– Comme Ben Mullins l'a souligné, la clause figure tout de même dans le contrat.

– Pour un nouveau venu à River Heights, tu es drôlement bien informé !

– Je suis *documentaliste*, Nancy. En toute logique, je travaille dans une bibliothèque, et c'est le genre d'endroit où l'on trouve quantité de choses intéressantes, en plus des livres ! Sache que Ben Mullins a légué tous ses papiers personnels – registres, dessins, croquis, factures... – à la Mahoney Library. Et je les ai passés en revue.

– Vraiment ?

– Quand j'ai appris que l'horloge serait le clou de la commémoration, il m'a semblé que je pourrais peut-être y dénicher quelque chose qui te serait utile.

– C'est très gentil de ta part, dis-je tout en feuilletant la liasse que je tenais. Il n'y a sûrement pas assez de souvenirs personnels pour composer plus d'une vitrine, là-dedans ; alors, s'il y a d'autres documents dont on peut tirer parti, tant mieux !

J'ajoutai après une brève pause :

– Nous pourrions examiner ensemble les croquis de Ben Mullins, demain. Je vais y réfléchir.

– Entendu. Bon, je ferais mieux de me remettre au travail, maintenant.

– À plus ! lançai-je.

Je rangeai les récits des lecteurs sur le bureau que Mme Corning m'avait attribué, puis je partis à mon tour.

Une fois à la maison, je donnai les bocaux de piment à Hannah, et la mis au courant des derniers événements.

– Bonté divine ! C'est une catastrophe, Nancy ! s'exclama-t-elle. Une si belle horloge !

Je m'avisai soudain qu'elle avait peut-être elle aussi des anecdotes à raconter à ce sujet ; mais je n'eus pas le temps de la questionner, elle continuait déjà :

– Je pense que j'aurai besoin d'un troisième bocal. Pourrais-tu m'en prendre un autre avant de rejoindre Ned ?

– Rejoindre Ned ? Comment ça ?

– Oh, il a téléphoné juste avant ton arrivée pour demander si tu pouvais passer le voir dans le pavillon de restauration du syndicat des étudiants, côté cuisine asiatique, à l'heure du déjeuner. Avec cette histoire d'horloge, cela m'était sorti de l'esprit ! Il a besoin de te parler.

– *Deirdre*, marmonnai-je.

– Juste ciel ! A-t-elle fini par créer des problèmes entre vous deux ?

– Va savoir, Hannah. En fait… Écoute, c'est une histoire longue et ennuyeuse, et il faut que je prenne le temps de me doucher avant de partir. S'il s'agit de quelque chose de plus important que je ne l'imagine, je te raconterai ça à mon retour, d'accord ?

Il n'y avait qu'une place de parking réservée aux visiteurs devant le nouveau bâtiment du syndicat des étudiants. Je m'y garai au plus vite, car j'avais dix bonnes minutes de retard. Je grimpai les marches du perron en courant, franchis de même les portes automatiques, et me dirigeai vers l'aire de restauration asiatique. Je repérai aussitôt Ned ; le nez plongé dans un livre, il semblait imperméable au vacarme des conversations.

– Salut ! fis-je en m'approchant de sa table.

Il n'entendit même pas ! Quel rat de bibliothèque ! pensai-je en souriant.

– Désolée d'être en retard ! lançai-je en lui donnant une tape sur l'épaule.

Et je tirai une chaise pour m'asseoir face à lui.

– Oh, excuse-moi, Nancy, murmura-t-il, levant enfin les yeux.

Il sourit alors, et d'adorables fossettes creusèrent ses joues. Comment s'étonner que Deirdre et presque toutes les filles de River Heights lui fassent du charme ? Il est si beau !

– J'étais en train de relire un poème sublime. Écoute : « Te comparerai-je à un jour d'été… ? »

Typique ! Même si la pire des catastrophes menaçait, Ned prendrait le temps de savourer des vers qui lui plaisent ! Quand il me lit une poésie, il me donne toujours l'impression qu'elle a été écrite spécialement pour moi. Lorsqu'il acheva de scander le sonnet 18 de Shakespeare, terminant par le célèbre : «… et cela te donne vie », j'avais le cœur battant d'émotion.

– Oh, Ned, c'est magnifique ! m'écriai-je. Merci !

– De rien. Qu'est-ce que c'est que cette histoire de comité d'exposition ? J'en fais partie, paraît-il ?

– Ned, si tu n'as pas le temps de t'en occuper, je comprendrai. Je voulais t'en parler, seulement, tu étais pris par tes révisions ! Avec la disparition de l'horloge qui vient s'ajouter à la préparation de la commémoration, tu me rendrais vraiment service… Mais j'aurais dû te demander d'abord.

– Et manquer à ta réputation de fille à surprises ? fit Ned en me décochant un clin d'œil. Tu sais que tu peux compter sur moi, Nancy en toutes circonstances, voyons.

– Oui, bien sûr… Bon, que je te mette au cour…

– Deirdre s'en est déjà chargée ! me coupa-t-il. Si j'ai voulu que tu me rejoignes, c'est que j'ai fouiné un peu de mon côté, et appris des choses qui devraient t'intéresser.

Ned n'a pas comme moi la passion du mystère. Mais il est toujours prêt à m'aider dans mes enquêtes, quelles qu'elles soient. Comme il a emmagasiné dans sa tête une foule d'informations, il m'a fourni à plus d'une occasion l'élément dont j'avais précisément besoin pour compléter mon puzzle.

– Génial ! m'écriai-je. Je t'écoute !

– Eh bien, c'est au sujet de Ralph Mullins. Il…

– Si tu avais vu cette scène ! fis-je. C'était si bizarre !

– J'imagine. En tout cas, j'ai effectué quelques recherches à son sujet, et j'ai fait des découvertes significatives !

– Lesquelles ? demandai-je avec la plus vive curiosité.

– Pour commencer, Ralph Mullins est endetté jusqu'au cou ! S'il ne se procure pas rapidement un beau paquet d'argent, il se retrouvera sans toit. De plus, il travaille à l'université. Comme serrurier.

– Serrurier ! C'est lui qui fabrique les clés des locaux de la fac ?

– Oui. Intéressant, n'est-ce pas ?

– Et comment !

– En toute logique, il ne lui serait pas difficile de réaliser une clé capable d'ouvrir la Mahoney Library.

– Tu m'ôtes les paroles de la bouche ! Ned, tu penses comme moi que Ralph Mullins a très bien pu voler l'horloge afin de la « retrouver » ensuite, la récupérer aux termes du contrat, et la vendre en échange d'un « beau paquet d'argent », n'est-ce pas ?

5. Duo suspect

Je consultai ma montre : pratiquement seize heures. J'avais maintenant un plan d'attaque qui, je l'espérais, me permettrait de remettre la main sur l'horloge disparue !

Deux ou trois semaines plus tôt, la voiture de Ned avait refusé de démarrer. Il m'avait appelée à la rescousse pour que je l'emmène à la bibliothèque universitaire car il devait vérifier certaines informations avant un examen. Cette équipée inattendue m'avait appris que les horaires des agents d'entretien étaient décalés d'une heure par rapport à ceux de la majeure partie des employés : ils travaillaient de sept heures du matin à seize heures. Donc, Ralph Mullins était sur le point de rentrer chez lui.

– Viens, Ned ! décidai-je. Il est temps de passer à l'action !

– Nancy, je n'ai pas fini de réviser pour mon partiel de demain !

– Emporte tes notes ! Lorsque nous aurons envie de nous éclipser, à la réception de ce soir, nous irons dans un endroit tranquille et je t'interrogerai.

– Tu ferais ça ? s'amusa Ned, à la fois surpris et content.

– Évidemment ! Tu devrais le savoir !

– Dans ce cas, je te suis, déclara-t-il en se levant et en ramassant ses affaires. Où va-t-on ?

– Chez Ralph Mullins.

– Prenons ma voiture, alors. Comme ça, tu pourras te concentrer sur ton enquête.

– Qu'est-ce qu'il y a ? fis-je avec un large sourire. Tu me crois incapable de conduire et d'enquêter en même temps ?

– Mmm, mmm..., marmonna Ned, toussotant de manière éloquente. Sans commentaires !

Sa voiture était garée du côté opposé à la mienne. Il l'ouvrit à l'aide de sa télécommande, et nous montâmes à bord, ne tardant pas à démarrer et à quitter le parking.

– Ah, zut ! m'écriai-je tout à coup. Où

avais-je la tête ? Ce n'est pas très malin ! Je ne sais pas où habite Ralph Mullins !

– J'ai un annuaire de poche dans la boîte à gants. Comme je fais souvent des courses pour papa, ça aide.

C'est Ned tout craché, ça ! Mon copain est toujours paré ! Je sortis l'annuaire, l'ouvris à la lettre M, et ne tardai pas à trouver l'adresse désirée, que je lus à voix haute.

– Ce n'est pas très loin d'ici, dit Ned. Je connais le coin. Il n'est pas très cher, mais les maisons sont bien tenues.

Comme mon regard se portait tout naturellement devant nous, je demandai :

– Ned, quel genre de voiture Ralph Mullins conduit-il, à ton avis ?

– Va savoir... Si les Mullins tirent le diable par la queue, ce n'est sûrement pas une voiture de luxe flambant neuve !

– Que dirais-tu d'une vieille camionnette ?

– Ça collerait. Beaucoup d'agents d'entretien de l'université en ont. Pourquoi cette question ?

– Parce que la camionnette qui nous précède a une vignette de parking avec le logo de la fac, sur sa lunette arrière... tu vois ? Et on dirait que le conducteur suit la même direction que nous.

– Il pourrait s'agir de n'importe qui,

Nancy ! Il y a sûrement plusieurs membres du personnel universitaire qui habitent le quartier où nous nous rendons !

– Accélère un peu, qu'on en ait le cœur net.

– Tu veux que je prenne cette bagnole en filature ?

– Non, juste que tu t'en rapproches assez pour que je puisse voir à travers la lunette. Je veux vérifier s'il ne s'agit pas de Ralph Mullins.

Ned accéléra tout en maintenant une distance prudente entre nous et la vieille camionnette. Enfin, je pus entrevoir le conducteur !

– C'est lui ! m'exclamai-je.

– Comment peux-tu en être sûre à cette distance, Nancy ? En plus, il a le dos tourné !

– Je n'ai pas besoin de voir son visage, Ned ! Lorsqu'il a quitté la bibliothèque en trombe, nous l'avons tous suivi du regard, nous étions tellement sidérés ! Cette vision s'est gravée dans ma mémoire.

Comme nous parvenions à un carrefour, Ned tourna brusquement pour s'engager dans la rue latérale.

– Mais… où vas-tu ? m'étonnai-je.

– Si Ralph Mullins s'aperçoit que nous le suivons, il y a de fortes chances que ça lui donne des soupçons ! Alors, puisque nous sommes certains de son identité, autant nous rendre chez lui par un autre chemin.

– Bonne idée !

Le secteur de la ville où nous nous trouvions à présent était un dédale de rues se croisant en tous sens ; mais nous finîmes par nous orienter, et nous engager dans la voie qui menait à la maison de Ralph Mullins.

Ned ralentit et roula au pas, pour nous permettre de jouer les espions. Ralph Mullins était descendu de sa camionnette, et, son mobile collé à l'oreille, semblait avoir une discussion orageuse avec quelqu'un. Tout à coup, une femme – son épouse, sans doute – surgit du portail de la maison et lui hurla quelque chose. Il lui fit signe de se taire, mais elle continua pourtant à crier. Nous passâmes sans hâte, et je me détournai pour observer la scène. La femme était de plus en plus véhémente, et M. Mullins aussi. Soudain, il cessa de lui parler, remonta dans sa camionnette, et quitta l'allée d'accès sur les chapeaux de roue. Heureusement, nous étions hors de sa trajectoire, car je ne crois pas qu'il regardait où il allait !

– Il est furieux, c'est le moins qu'on puisse dire ! commentai-je.

Ned hocha la tête, et ajouta en suivant la voiture des yeux dans son rétroviseur :

– Il n'est pas impossible qu'il subisse des pressions, chez lui, pour rapporter plus d'argent. Je le crois capable de voler n'importe quoi pour ramasser un bon paquet, y compris l'horloge de la bibliothèque !

– Entièrement d'accord avec toi sur ce point !

– Bon, et maintenant, Nancy, que fait-on ?

Je rouvris l'annuaire à la lettre F, et annonçai :

– On va au 922, Cleveland Street.

– C'est de l'autre côté de River Heights ! Qui habite là ?

– Willy Franklin. Le gardien de la Mahoney Library.

Je venais d'avoir une idée de la façon dont l'horloge avait pu disparaître… Tandis que nous nous dirigions vers le quartier de Willy Franklin, je fis part à Ned de ce qui s'était produit pendant la réunion du comité :

– Willy Franklin n'a qu'une envie : boucher le trou dans le mur et oublier l'affaire.

– Si je comprends bien, il voudrait persuader tout le monde que l'horloge ne vaut pas la peine d'être récupérée.

À cette déduction, j'adressai un grand sourire à Ned. Certes ! pensai-je. Pourquoi vouloir « retrouver » un objet dont on sait parfaitement *où il se trouve* ?

Ned me rendit mon sourire. Il me connaissait

trop bien pour ne pas deviner que je venais d'échafauder une hypothèse; mais il ne me demanda pas laquelle. C'est une chose que j'adore, chez lui : il me laisse toujours le loisir de méditer mes idées lorsque j'en ai besoin.

– On se gare ? s'enquit Ned à l'approche de la rue où nous nous rendions. On passe devant en roulant lentement ? On descend et on marche ? Quoi ?

J'expliquai en consultant ma montre :

– M. Franklin commence son service à dix-huit heures, alors, il se peut qu'il soit chez lui. Continue, mais pas trop vite, qu'on jette un coup d'œil sans avoir l'air d'espionner. On ne sait jamais, il pourrait se trouver à sa fenêtre.

Je scrutai les numéros des maisons, les énonçant à voix haute.

– Ce doit être la prochaine, dis-je finalement.

Lorsque nous atteignîmes la demeure de M. Franklin, je constatai que le garage était un simple auvent, pas une construction close. Il était donc facile de voir qu'il était vide. De toute évidence, le gardien n'était pas là.

– Il avait peut-être une course à faire ? suggéra Ned.

Me décidant à livrer les pièces du puzzle que

j'avais commencé à rassembler, je répondis :

– À moins qu'il ne connaisse Ralph Mullins, et que ce dernier se soit entretenu avec Willy Franklin, au téléphone, tout à l'heure, quand nous l'avons vu descendre de sa camionnette !

– Là, tu vas peut-être un peu loin dans tes hypothèses, Nancy !

– On a vu des choses plus étranges, Ned ! Rien ne s'oppose à ce qu'ils aient planifié ensemble le vol de l'horloge.

Après avoir réfléchi un instant, Ned admit :

– Il faut reconnaître que c'est plausible.

– Le fait que Ralph Mullins est serrurier n'a peut-être aucun rapport avec l'intrusion dans la bibliothèque et le vol. Mullins a très bien pu rappeler à Willy Franklin la clause selon laquelle la Mahoney Library ne détenait l'horloge qu'à la condition d'en assurer la protection, et le convaincre de l'aider à s'en emparer. Willy Franklin n'aurait eu qu'à introduire Ralph Mullins après la fermeture, et à eux deux, ils l'auraient descellée du mur.

– C'est ça ! Ensuite, Ralph Mullins aurait remis à M. Franklin une partie de l'argent qu'il aurait tiré de la revente de l'horloge.

– Exactement ! Je me demande où ils ont rendez-vous en ce moment…

– Dommage qu'on n'ait pas suivi Ralph Mullins lorsqu'il est reparti de chez lui, soupira Ned. Désolé, Nancy.

– Tu n'as pas à t'excuser, tu n'y es pour rien. Je n'avais pas tiré toutes mes déductions, lorsque je t'ai demandé de te rendre chez M. Franklin.

– Que fait-on, puisqu'il n'est pas ici ?

– Je ne crois pas qu'on puisse faire grand-chose d'autre, pour le moment. Autant que tu me ramènes à ma voiture, comme ça, je rentrerai me préparer pour la soirée. Et puis, j'aimerais parler de cette affaire à papa. Il pourrait avoir d'autres idées.

– D'accord ! fit Ned.

Je me garai dans notre allée, juste derrière papa, et nous gagnâmes ensemble le perron, franchissant le portail d'entrée. Je commençai à le mettre au courant de l'affaire tandis qu'il se dirigeait vers son bureau. Au passage, nous fîmes halte sur le seuil de la cuisine.

– Nous sommes là, Hannah ! annonça papa. Mmm… ça sent bon !

– C'est bientôt prêt, dit Hannah. Je croyais que tu allais chez les Nickerson, Nancy ! J'ai juste préparé de quoi dîner pour ton père. Mais si la sortie est annulée, pas de problème, je…

– Non, non, tout va bien, Hannah ! Mes projets avec Ned tiennent toujours.

Tandis que j'accompagnais papa dans son bureau, je pensai pour la énième fois que j'avais une sacrée chance d'être la fille de Carson Drew ! Nous nous entendons merveil-leusement bien – complicité que m'envient la plupart de mes amies. Et puis, le fait que papa soit un avocat très en vue a du bon : en plus d'avoir les conversations habituelles entre père et fille, nous discutons de nos affaires respectives – sans porter atteinte à la confidentialité, bien sûr. Et uniquement lorsque cela se justifie. Si je mène une enquête périlleuse, il est inutile que papa connaisse par le menu les dangers que je cours…

Comme il posait sa mallette sur sa table de travail, j'abordai tout à trac les questions que je désirais lui soumettre :

– Est-ce que les noms de Ralph Mullins ou Willy Franklin te disent quelque chose, papa ?

– M. Franklin est le gardien de la Mahoney Library, je crois ?

– Oui, confirmai-je.

– Eh bien, je ne sais rien de plus à son sujet. En revanche, pour Ralph Mullins, c'est une autre histoire !

– Ah ? Tu peux en parler, ou… ?

– Je ne le représente pas, si c'est à ça que tu

penses, répondit papa. En fait, Ralph Mullins a tenté d'escroquer un de mes anciens clients. D'une somme importante.

– Voilà qui est intéressant..., fis-je.

Et je racontai les événements de la bibliothèque, ainsi que les scènes dont Ned et moi avions été les témoins.

– Comment a tourné ton affaire ? voulus-je savoir. Celle qui impliquait Ralph ?

– Le médecin de mon client a convaincu sa famille qu'un procès serait nuisible à sa santé. Ils l'ont placé dans une clinique en Oklahoma, et ont renoncé à porter plainte. Il était déjà malade lorsqu'il m'avait confié le dossier.

– C'est bien malheureux !

– N'est-ce pas ? Écoute, Nancy, voici ce que je peux te révéler : au cours des audiences préliminaires, j'ai eu droit au détail des manigances auxquelles Ralph Mullins s'est prêté au fil des ans. Selon toute apparence, c'est un de ces individus qui ne songent qu'à gagner de l'argent de manière illégale !

L'ami des Nickerson fut retenu à Washington à la dernière minute, et la réception prévue fut annulée. Ned et moi dînâmes chez Pizza Mia, où l'on sert l'une des meilleures pizzas de River Heights. J'informai mon copain de ce que papa m'avait appris sur Ralph Mullllins. Ensuite, je l'interrogeai à fond sur le programme de son partiel du lendemain. Nous fûmes les derniers à sortir – c'est un endroit où nous nous rendons souvent, aussi, le patron ne nous en veut pas de traîner jusqu'à la fermeture.

Je ne réalisai ma fatigue que le lendemain, lorsque je me réveillai en sursaut : Hannah frappait à ma porte.

– Navrée de te déranger, Nancy ! Mais Bess, George et un très beau jeune homme t'attendent au salon ! Bess dit que vous aviez une réunion du comité, ce matin.

– Oui ! Zut alors, j'ai dû oublier de mettre le réveil, hier soir ! Tu veux bien leur demander de patienter ? Je n'en ai pas pour longtemps.

– Entendu, ma chérie.

Je me douchai, m'habillai et fis de mon mieux pour être présentable en un rien de temps. Mais honnêtement, dès qu'il s'agit de « prouesses » vestimentaires, je suis battue d'avance ! Lorsque j'entrai au salon, Bess commença :

– Nancy, cela ne nous dérange pas du tout d'attendre que tu sois prête…

– Mais je *suis* prête !

Bess rougit. Elle n'avait pas cherché à plaisanter !

– Oh, je vois, lâchai-je.

Je remarquai que George et Ellis étaient en survêtement, et m'exclamai :

– Tiens, vous êtes allés courir !

– On n'a même pas vu la couleur de la cendrée, rectifia George d'un ton où perçait de la colère.

Je la connais bien, et sus aussitôt que quelque chose l'avait irritée. Ellis, lui, glissa avec un large sourire :

– C'est ma faute, fit Ellis avec un large sourire. J'ai discuté de tout un tas de choses avec Bess, et je n'ai pas vu le temps passer.

Je voyais le topo ! George avait pris rendez-vous avec Ellis pour courir dans le parc. Ellis, qui ne supportait pas qu'une fille résiste à son charme, avait préféré tenter de se concilier Bess plutôt que d'honorer l'engagement qu'il avait pris avec George. Quel minable !

À l'instant où je me faisais ces réflexions, le téléphone sonna. Ned passait un partiel, et les deux autres personnes susceptibles de vouloir me joindre se tenaient devant moi ; je ne supposai donc pas un instant que cet appel m'était destiné. Erreur !

Hannah apparut sur le seuil du salon en annonçant :

– Nancy, c'est Mme Corning ! Elle est dans tous ses états !

Je me hâtai d'aller prendre la communication dans la cuisine.

– Bonjour, madame Corning ! dis-je aussi gaiement que je pus.

– La journée commence mal, répliqua-t-elle. Toutes les contributions des lecteurs ont disparu ! Nous n'avons plus rien à présenter ! Tu sais pourtant qu'il nous reste très peu de temps avant la commémoration, Nancy ! Ta négligence va tout compromettre !

6. Coïncidence… invraisemblable

Je fus si choquée par l'accusation de Mme Corning que j'en restai sans voix. Avant que j'aie pu trouver mes mots, un bruit de tonalité se fit entendre au bout du fil : mon interlocutrice avait raccroché !

– Qu'est-ce qui ne va pas, Nancy ? s'enquit Hannah. Il n'y a qu'à te voir pour comprendre que ce n'était pas une bonne nouvelle !

– Hannah, cette commémoration est en train de tourner au cauchemar. Je commence à croire que je porte la poisse !

– Mais qu'est-ce que tu racontes ? se récria Hannah. J'ai ici des cahiers pleins de coupures de journaux où les gens que tu as aidés te portent aux nues ! Nous pouvons les relire, si tu as bes…

– Inutile, Hannah, ça ira, coupai-je.

Elle « ressort » ces fichus cahiers chaque fois que j'ai un moment de découragement ! Mais ce n'était pas réellement ce dont j'avais besoin à ce moment-là…

– Ce n'est certes pas une période faste ! repris-je, toujours sous le coup de l'accès de colère de Mme Corning. Mais je t'expliquerai plus tard.

De retour au salon, je vis que mes amies avaient dû entendre notre conversation : elles semblaient soucieuses !

– Il y a une urgence à la bibliothèque, annonçai-je. Je pars tout de suite. Vous venez avec moi ?

Ellis consulta sa montre :

– Ce serait volontiers, Nancy, mais c'est ma matinée de congé ; j'avais l'intention de faire des courses après ma séance d'entraînement avec George.

Il se tourna vers cette dernière, et continua avec un haussement d'épaules :

– Désolé pour ce coup manqué. Si on reportait ça à plus tard ?

– Je ne suis pas libre le reste de la journée, répondit George, glaciale.

Puis, réalisant sans doute qu'elle s'était

montrée un peu trop sèche :

– Mais je te rappellerai demain, et on verra si on peut convenir d'un rendez-vous.

– Entendu, dit Ellis.

Il lui décocha l'un de ses sourires ravageurs – qui, en toute franchise, me parut plus artificiel que jamais. Puis il ajouta à l'adresse de Bess :

– Tu peux te joindre à nous, si tu en as envie. Tu es la bienvenue.

Bess répondit en se tournant vers moi :

– Non, merci. Occupons-nous de cette urgence, Nancy.

Du coin de l'œil, je vis Ellis se rembrunir. Cependant, il masqua vite sa réaction.

– À plus ! lança-t-il.

– À tout à l'heure, fis-je.

Dès qu'il fut sorti, je mis mes amies au courant :

– C'était Mme Corning. Tous les récits que les gens ont rédigés au sujet de l'horloge ont disparu.

– *Quoi* ? s'exclamèrent-elles en chœur.

George reprit :

– Mais comment cela a-t-il pu arriver ?

Et Bess :

– C'est Mme Corning qui dit *ça* ?

J'acquiesçai en expliquant :

– J'ai déposé ces papiers sur le bureau qu'elle m'a prêté dans la section des ouvrages de référence. Elle m'a affirmé que c'était un endroit uniquement réservé au personnel, donc sûr. Il faut croire que quelqu'un les y a pris exprès.

– Qui ferait une chose pareille ? s'interrogea George.

– C'est ce que nous allons découvrir ! déclarai-je. Venez !

Un instant plus tard, nous arrivions à la bibliothèque dans ma voiture. Nous allâmes directement chez Mme Corning. Elle était en train de raccrocher son téléphone. Dès qu'elle nous aperçut, elle nous fit signe d'entrer et de nous asseoir.

Puis, s'étant levée, elle contourna son bureau pour venir s'installer près de nous. Je commençai :

– Madame Corning, je vous assure que j'ai posé les récits des lecteurs sur le bureau que vous m'avez assigné ! Je m'en souviens très bien ! Je ne comprends pas ce qui a pu se produire !

– Il se peut que tu sois seulement *persuadée* de l'avoir fait, Nancy. Hier, nous étions tous sous pression. Il n'est pas impossible que tu les ais mis distraitement dans la corbeille et non sur le bureau – car c'est là que M. Franklin les a trouvés.

– M. Franklin ? lâchai-je.

Et je décochai un regard aigu à Bess et à George.

– Oui. Je l'ai eu au téléphone pour un tout autre sujet, ce matin, et il m'en a parlé à ce moment-là.

– Qu'est-ce qu'il a dit ? voulut savoir George.

– Hier soir, en faisant le ménage, il les a trouvés dans la corbeille du bureau de Nancy, répondit Mme Corning. Sur le coup, ça lui a paru bizarre, puisque Nancy avait tellement insisté pour que les gens rédigent leurs souvenirs sur l'horloge – mais il a fini par conclure qu'elle avait changé d'avis.

– Non, je n'ai pas changé d'avis ! Et je n'aurais certainement pas jeté ces papiers, de toute façon ! explosai-je. Quelqu'un les a flanqués dans la corbeille exprès !

– Nancy, voyons ! C'est absurde ! Qui ferait une chose pareille ?!

– Quelqu'un qui veut saboter ce soixante-quinzième anniversaire, pardi ! répliquai-je en regardant bien en face Mme Corning. Vous ne savez pas, je suppose, ce que faisait M. Franklin hier entre seize et dix-huit heures ?

– Eh bien, si. Il bêchait dans mon jardin – une tâche pour laquelle je lui donne un bon salaire, pour le cas où tu t'imaginerais que je demande des services personnels gratuits à mes employés, déclara-t-elle.

Elle se leva et continua :

– Nancy, c'est la première fois que je te vois rejeter sur un autre la responsabilité de tes fautes ! Si nous voulons que cette commémoration soit un succès, il va falloir que tu te montres plus attentive !

Là-dessus, elle pivota sur elle-même pour réintégrer sa place en déclarant :

– Et maintenant, si vous voulez bien m'excuser, j'ai du travail !

Je sentis que je ferais mieux de m'en aller avant de lâcher des paroles que je regretterais plus tard. C'était insensé ! La personne qui m'avait choisie pour présider le comité d'exposition, et qui m'avait instamment demandé de retrouver l'horloge disparue, s'était maintenant retournée contre moi ! On cherchait délibérément à saborder l'anniversaire ET à détruire ma réputation !

Je quittai la pièce, escortée par Bess et George. Mais, au lieu de rejoindre mon bureau, je me rendis à l'opposé de la section des ouvrages de référence, où se trouvaient quelques tables à l'écart. J'avais besoin de réfléchir sans autre compagnie que celle de mes amies.

– Qu'est-ce que c'est que cette histoire? s'enquit Bess une fois que nous nous fûmes réfugiées là.

– J'aimerais bien le savoir, fis-je, encore toute remuée par les accusations qu'on m'avait jetées à la figure.

– Si tu veux mon avis, ça n'a rien d'un hasard, déclara George. Il y a quelqu'un derrière ça !

– Je suis tout à fait d'accord, lui dis-je. Je dois déterminer de qui il s'agit.

– Eh bien, tu n'as qu'à citer des noms, suggéra Bess, et tu verras qui a le meilleur mobile.

– M. Franklin est mon suspect numéro un, étant donné ce qui vient de se produire.

Bess approuva :

– Supposition logique. Mais pourquoi as-tu demandé à quoi il s'occupait hier après-midi ?

Je racontai mon équipée de la veille avec Ned, en expliquant ma théorie :

– Il m'est apparu que M. Franklin et M. Mullins ont pu projeter ensemble le vol de l'horloge,. Même s'ils ne se sont pas rencontrés hier comme je le supposais, cela ne signifie en rien qu'ils n'ont pas trempé dans l'affaire.

– Certes, approuva George. Ton hypothèse tient debout !

– C'est bien mon avis aussi !

Levant alors les yeux, je vis approcher Ned. De toute évidence, il était contrarié.

Comme je ne tenais pas à être rappelée à l'ordre, j'attendis qu'il nous ait rejointes pour commenter :

– En voilà une surprise ! Qu'est-ce que tu fais ici ?

Il me décocha un drôle de regard :

– J'ai téléphoné chez toi pour savoir si tout allait bien, mais Hannah m'a appris que tu étais sortie. Alors, je t'ai laissé un message ici. J'ignore qui j'ai eu au téléphone ; la documentaliste qui m'a répondu a promis de transmettre ou de te laisser un mot.

– Désolée, Ned, en réalité, je ne me suis pas arrêtée à mon bureau. Mais nous allons voir ça tout de suite, achevai-je avec un regard entendu.

Mes amis me suivirent jusqu'au bureau, séparé de ceux des autres documentalistes du secteur par une cloison d'étagères. Un poste de documentaliste était momentanément vacant, c'est pourquoi cette table de travail était disponible.

Comme je m'en étais doutée, aucun message ne s'y trouvait !

– Tu ne sais pas qui tu as eu au téléphone, Ned, c'est ça ? fis-je.

– Non. Je n'ai pas demandé, et la personne ne s'est pas présentée. Mais, maintenant que j'y pense… eh bien, sa voix avait quelque chose de familier…

Je le mis au courant de la disparition des récits des lecteurs.

– Bon, il arrive qu'on promette de mettre un mot et qu'on oublie de s'en charger par la suite, concédai-je. Mais vu ce qui se passe par ailleurs, je suis prête à parier qu'il s'agit d'un plan concerté.

– Entièrement d'accord, m'approuva George.

– Et maintenant, Nancy, qu'attends-tu de nous ? s'enquit Bess. Sans vouloir te bousculer, j'ai aussi d'autres obligations, ce matin.

– On n'y peut pas grand-chose ! soupirai-je. J'ai l'impression que ce projet est en train de s'effondrer. Je n'ai jamais rien ressenti de tel.

– Je t'accorde que c'est frustrant. Mais tu ne vas quand même pas renoncer ! me lança Ned, toujours positif.

– Oh, tu me connais, je ne suis pas du genre à laisser tomber ! C'est peut-être le moment de faire le point avec le chef McGinnis…

– Hein ? À quoi bon ? s'exclama George.

– Tu tiens à perdre ton temps ? ironisa Bess.

– Je devrais quand même le tenir au courant de ce que j'ai vu, observai-je.

En dépit de ce qu'elles peuvent penser, je m'efforce *malgré tout* d'entretenir de bonnes relations avec notre chef de la police !

George revint à la charge :

– Tu sais pertinemment comment ça va se terminer ! Une fois que tu auras réglé l'affaire, il s'attribuera tout le mérite de ton travail !

– De toute façon, ce qui compte, c'est de résoudre l'énigme. Je me fiche de la gloriole !

Je priai Bess de ramener ma voiture devant chez elle, où je passerais la chercher plus tard. De mon côté, je me rendrais avec Ned chez le chef McGinnis.

– Ce n'est pas de refus ! dit Bess. Je profiterai de l'occasion pour jeter un coup d'œil sous ton capot ! Il y a un cliquetis bizarre dans ton moteur. Ça m'inquiète.

– OK, arrange-toi seulement pour que ma voiture soit utilisable en cas de besoin.

– Hé ! fit Bess en élevant les mains. Est-ce que je t'ai déjà déçue de ce côté-là ?

– Jamais ! admis-je avec un large sourire.

Après le départ de Bess et de George, je me rappelai soudain que je devais poster du courrier à quelques écrivains pour enfants de notre région, dont je m'étais procuré les adresses sur le Net. Je voulais leur faire parvenir notre matériel publicitaire sur la commémoration, ainsi qu'une invitation à y assister en tant qu'hôtes privilégiés de la Mahoney Library.

Je m'en excusai auprès de Ned.

– Pas de problème, Nancy, me dit-il. Je jetterai un coup d'œil sur les diverses collections en attendant. Cet endroit m'a toujours fasciné.

Il ne me fallut pas longtemps pour m'occuper de mes envois. Un instant plus tard, Ned et moi quittions le parking de la bibliothèque. J'aperçus Deirdre qui montait dans sa voiture. « D'où sort-elle encore, celle-là ? » pensai-je alors que nous nous éloignions.

Au commissariat, le chef McGinnis se trouvait à la cafétéria, où il dévorait des beignets à la confiture.

Il me tendit la boîte, qui n'en contenait plus qu'un seul, et me proposa, la bouche pleine :

– Tu en veux ?

– Jamais de la vie, chef ! Priver quelqu'un de son dernier beignet, cela ne se fait pas !

Le chef McGinnis avala le gâteau restant sans réagir à mon léger trait d'ironie ; cela lui passait par-dessus la tête ! Ned, lui, se retenait à grand-peine d'exploser de rire – à cause de ma plaisanterie… et de la gloutonnerie du chef !

Ce dernier essuya d'un revers de main le sucre qui collait aux commissures de ses lèvres, et commença :

– Nancy, si ce sont des informations sur le vol de l'horloge que tu es venue glaner…

– Non, pas du tout, le coupai-je. Je veux vous mettre au courant de ce que je sais.

Il changea aussitôt d'attitude :

– Dans ce cas, c'est différent ! Suis-moi dans mon bureau, tu m'apprendras ce que tu as découvert pour…

Il s'interrompit tout net – réalisant sans doute qu'il se montrait beaucoup trop impatient de m'entendre – et s'empressa de rectifier :

– Enfin, ce sont sûrement des choses que nous savons déjà !

Une fois dans le bureau, Ned et moi prîmes place dans les fauteuils qui faisaient face à la table de travail du chef McGinnis. Celui-ci alluma un magnétophone, énonça le jour et l'heure, puis enchaîna :

– Veuillez décliner votre nom et votre adresse, s'il vous plaît.

Je me prêtai à cette mascarade, qui dure depuis des années : le procès-verbal est pour moi, et le mérite pour le chef !

– Et maintenant, mademoiselle Drew, communiquez-moi les informations que vous détenez sur le vol à la Mahoney Library.

Soudain traversée d'une idée, je ne révélai que mes soupçons sur Ralph Mullins – qui avait pu s'emparer de l'horloge pour tirer profit de sa revente.

– Il est serrurier à l'université, conclus-je. Il avait donc le moyen de s'introduire dans la bibliothèque quand il ne s'y trouvait plus personne.

Ayant terminé sur ce sujet, je me tus. Le chef McGinnis me dévisagea sans couper l'enregistrement.

– Continue, Nancy, me dit-il.

– C'est tout, prétendis-je – sûre que Ned ne chercherait pas à me faire parler de Willy Franklin.

Il valait mieux ne présenter qu'un suspect à la fois au chef McGinnis ; et, pour l'instant, Ralph Mullins était un coupable potentiel beaucoup plus vraisemblable que Willy Franklin !

– Tu en es certaine ? insista le chef.

– Oui. Pourquoi, qu'est-ce qu'il y a ? Cette information ne vous paraît pas bonne ?

Voyons, Nancy, lâcha le chef, Ralph Mullins a déjà eu des démêlés avec la justice ! Rien d'étonnant à ce qu'il se trouve aussi en tête de *notre* liste ! En fait, nous l'avons mis en filature. Nous connaissons chacun de ses mouvements.

– Désolée, fis-je en haussant les épaules. Je vais continuer à creuser, je dénicherai peut-être autre chose.

Le chef se leva en déclarant :

– Je ne peux pas t'en empêcher. Mais veille à me tenir au courant de tes découvertes, sinon, cela pourrait être considéré comme une obstruction à l'enquête !

Mon mobile sonna à cet instant précis, et je vis s'afficher le numéro de notre maison. Cela signifie, en général, qu'Hannah a besoin de me confier une course. Je lui téléphonerai dès que nous serons sortis du commissariat.

– Tu ne prends pas cet appel ? s'étonna le chef. Ça pourrait être important.

– Oh, c'est seulement Hannah, pour me demander de passer à l'épicerie, sans doute. Je la rappellerai dans une minute, expliquai-je en me levant. Merci de m'avoir accordé un peu de votre temps, chef. Si j'apprends quoi que ce soit, je vous le ferai savoir.

Un bref instant plus tard, alors que nous descendions les marches du perron, Ned observa :

– Il est impossible qu'ils aient mis Ralph Mullins sous surveillance ! Nous nous en serions aperçus, sinon !

– Oh, mais… il le sera à partir de maintenant, Ned !

– Ha ! Bien joué, Nancy ! C'est ce que tu voulais depuis le début, hein ? Que McGinnis le fasse filer ! Si tu le lui avais demandé directement, il aurait refusé.

– Précisément. Et si je lui avais parlé de Willy Franklin, il aurait eu la même attitude. Mais je veux que le chef se concentre sur Ralph Mullins, pour le moment.

Là-dessus, j'appuyai sur la touche « rappel » de mon mobile pour avoir Hannah.

– Supermarché ? fis-je dès que j'entendis son « allô » au bout du fil.

– Non, Nancy, pas cette fois. Tu viens de recevoir un coup de téléphone d'Henry Mead. Il a des informations pour toi sur le vol de l'horloge.

7. Une vieille affaire resurgit

« Bizarre, ça », pensai-je.

– Il a laissé un numéro où le joindre ? m'enquis-je.

– Non. Il a juste dit qu'il désirait te parler. Il m'a communiqué son adresse, et les indications nécessaires pour se rendre chez lui.

– Attends une seconde, que je sorte mon calepin de mon sac. Voilà, ça y est. Je t'écoute, Hannah.

Je reconnus l'adresse aussitôt : Henry Mead vivait dans une des nouvelles résidences du nord de Rivers Heights, le long de la Muskoka River, qui abritaient des demeures pour milliardaires. Les propriétés y portaient des noms français, et les maisons étaient imposantes.

– Merci, Hannah, achevai-je.

– Qu'est-ce qui se passe ? fit Ned.

Je le mis au courant et lui demandai s'il voulait m'accompagner.

– Bien sûr. Qui est Henry Mead ?

– Un ami de papa. Ils étaient copains de chambre à l'université.

– Alors, il y a des chances qu'il ait quelque chose d'intéressant à t'apprendre !

Nous remontâmes dans la voiture de Ned pour prendre la route qui nous mènerait chez M. Mead. Elle longeait la rivière, c'était une belle balade.

Il nous fallut une demi-heure pour atteindre le secteur des résidences, et une quinzaine de minutes supplémentaires pour repérer celle de M. Mead. C'était la première fois que je me rendais dans ces lotissements, et je fus sidérée par l'immensité des maisons.

Plusieurs véhicules de luxe étaient parqués dans la longue allée d'accès qui menait à sa demeure.

– Hannah a mentionné une réception ? C'est pour ça que nous sommes ici ? s'enquit Ned.

– Non. Elle a juste dit que M. Mead voulait me parler sans tarder.

J'essayai de repérer un emplacement libre proche du porche couvert, mais, comme il n'y en avait aucun, je décidai :

– Gare-toi ici, et attends. Je vais voir ce qu'il me veut, et si ça risque d'être un peu long, je te préviens sur ton mobile, OK ?

– Entendu, Nancy.

Je descendis en hâte, franchis le perron en marbre, et appuyai sur la sonnette. La porte s'ouvrit presque aussitôt, un majordome en habit s'encadra sur le seuil :

– Oui, mademoiselle ?

– Je m'appelle Nancy Drew. M. Mead m'a téléphoné pour me demander de passer. Il a des informations à me transmettre sur l'horloge volée à la Mahoney Library.

Je vis à l'expression du majordome qu'il ignorait entièrement de quoi il était question !

– Désolé, mademoiselle, je ne crois pas que...

Par-dessus son épaule, j'aperçus Henry Mead : il s'entretenait avec un couple qu'il semblait avoir reconduit jusqu'au vestibule. Je l'appelai :

– Monsieur Mead !

– Mademoiselle Drew ! protesta le majordome, effaré. Je vous en prie ! Ce n'est pas le moment de...

– C'est toi, Nancy ? lança M. Mead.

Il se dirigea vers le seuil, tout en faisant signe à ses hôtes qu'il les rejoindrait dans un instant.

– C’est une agréable surprise, déclara-t-il en me rejoignant.

Comprenant que je n’étais pas une intruse, le majordome s’éclipsa discrètement.

– Désolée d’interrompre votre réception, dis-je à M. Mead, mais votre appel semblait urgent.

– Pardon ? fit-il d’un air interloqué.

Je lui rapportai le message transmis par Hannah.

– Mais, Nancy, ce n’est pas moi qui ai téléphoné !

– Ce n’est pas vous ?

– Non ! Je n’étais même pas au courant de la disparition de l’horloge ! Je suis rentré des Caraïbes hier soir ! Mes associés m’ont préparé cette petite réception surprise.

Il se pencha vers moi et me murmura avec un large sourire :

– J’ai décroché un énorme budget pour notre cabinet ! Leurs bénéfices viennent de tripler ! Alors, ils me remercient.

– Félicitations, dis-je.

– En fait, soupira-t-il, j’envie ton père, tu sais. C’est tellement plus excitant de plaider au criminel ! Il m’arrive de regretter d’avoir choisi la carrière d’avocat d’affaires… Mais, excuse-moi, Nancy, je ne veux pas t’ennuyer. Quoi qu'il en soit, je ne vois vraiment pas qui a pu te téléphoner en usurpant mon identité ! C'est un mystère ! Mais le mystère est ta spécialité, non ? acheva-t-il avec un clin d'œil.

– Il faut croire ! Bon, il vaut mieux que je me sauve, mon ami Ned m'attend. Cela m'a fait plaisir de vous voir. Et encore toutes mes félicitations !

– Transmets mes amitiés à ton père !

– Je n'y manquerai pas.

– Nous ne nous voyons pas assez souvent ! Je le rappellerai très bientôt.

– Cela lui fera plaisir, j'en suis sûre !

Comme par magie, le majordome reparut, et veilla à me reconduire.

– Alors ? s'enquit Ned lorsque je me réinstallai à côté de lui. Tu as appris quelque chose d'important ?

– Quelqu'un m'a encore joué un tour de cochon. Voilà ce que j'ai appris !

– Comment ça ?

Tandis qu'il manœuvrait pour redescendre l'allée d'accès, je lui racontai tout. Il hocha la tête d'un air dépassé :

– Bref, on t'a envoyée à la chasse au dahu. Qui donc a pu faire ça ?

– Peut-être pas..., répondis-je d'un air songeur. Il se pourrait que ce soit un indice, en réalité !

– Que veux-tu dire ?

– Henry Mead s'est spécialisé, entre autres, dans les testaments et les contrats fiduciaires. Or, c'est autour de ça que tourne le mystère de l'horloge, Ned ! Il est possible qu'on cherche à m'indiquer quelque chose !

Pendant tout le trajet du retour à River Heights, j'essayai de déterminer le rôle de ce faux message dans notre affaire. Mais sans grand résultat. Comme d'habitude, Ned se contenta de conduire en me laissant réfléchir tranquillement.

Lorsqu'il se gara devant chez moi, je constatai que Bess avait déjà ramené ma voiture. Quel soulagement ! Je me sentais beaucoup trop fatiguée pour aller la chercher !

– Désolée, Ned, m'excusai-je, je t'ai fait perdre ton temps. J'espère que tu pourras quand même travailler un peu à la bibliothèque.

– Y a pas de souci, Nancy. C'est pour toi quc jc m'inquiètc !

– Ça ira, Ned. Tout finira par se résoudre.

– Je t'appelle plus tard, OK ?

– Entendu. À plus !

Ce soir-là après le dîner, j'eus une conversation avec papa. Lui aussi trouvait bizarre le coup de l'imposteur usurpant l'identité d'Henry Mead, et ne savait comment l'expliquer. Mais il pensait comme moi que cela avait un lien avec la disparition de l'horloge.

Je lui dis :

– Je crois que M. Franklin ou M. Mullins, ou bien les deux ensemble, ont commis le vol. Et je commence à penser, après ce canular, que d'autres pourraient être mêlés à l'affaire. De plus, je suis pratiquement certaine que Deirdre est derrière tous les problèmes que je rencontre dans l'organisation de la commémoration.

– As-tu des preuves concrètes pour étayer tout cela, Nancy ?

– Non. Mais mon raisonnement se tient.

– Eh bien, pour ma part, je pense que tu vois juste en ce qui concerne le vol de l'horloge, car tout ce que tu as appris et observé jusqu'ici suggère que Franklin, Mullins, ou les deux, y sont impliqués. En revanche, tu n'as pas d'indices pour ce qui est de tes ennuis au comité. Tu n'ignores pas qu'il faut toujours des preuves solides ! Je sais qu'il n'y a pas d'atomes crochus entre Deirdre et toi. Et il n'est pas bien difficile de comprendre pourquoi. Mais cela n'implique pas nécessairement qu'elle est responsable des incidents de la Mahoney Library ! Si on envisage les choses de façon objective, il se pourrait qu'il s'agisse d'un malheureux concours de circonstances.

– Tu as raison, papa, et j'essaierai de ne pas oublier ta recommandation. Mais tout de même ! Chaque fois que quelque chose a mal tourné à la bibliothèque, Deirdre était dans les parages. C'est bizarre, reconnais-le !

– Elle fait partie de ton comité, n'est-ce pas ? Donc, elle a une bonne raison de se trouver là-bas en même temps que toi !

Son observation était pertinente. Ce n'était pas la première fois qu'il m'alertait sur la nécessité de se méfier des suppositions gratuites et de toujours rechercher des preuves concrètes.

Le lendemain matin, à l'instant même où j'allais me lever, la sonnerie du téléphone posé sur mon chevet retentit. Ned était au bout du fil :

– Nancy, j'ai un service à te demander. Je donne un coup de main au journal, un des rédacteurs est malade. Comme je n'ai pas réussi à démarrer, tout à l'heure, c'est papa qui m'a amené en voiture. Ça ne t'ennuierait pas de venir me chercher pour me conduire à la bibliothèque universitaire, d'ici une demi-heure ? J'ai rendez-vous avec mon groupe de travail.

– Pas du tout ! Aucun problème !

Bondissant hors du lit, je courus me doucher dans la salle de bains, m'essuyai, séchai mes cheveux, et m'habillai en quatrième vitesse. Je vis, en jetant un rapide coup d'œil sur le réveil de ma table de nuit, que j'avais déjà du retard. Je mis un peu d'ombre à paupières à la va-vite, descendis, criai au revoir à Hannah au passage, et me ruai dehors.

Dix minutes plus tard, je parvenais en vue de *L'Écho de River Heights*, où Ned devait m'attendre – à l'extérieur, comme convenu.

Je trouvai à me garer quelques boutiques plus loin. Mais, à l'instant même où je claquais ma portière, je réalisai que mes clés de contact étaient restées sur le tableau de bord. Or, mon hybride est équipée du verrouillage automatique !

Pas de quoi perdre mon sang-froid ! Ce serait indigne d'une détective, non ? Mais en réalité, si je garde mon calme dans des circonstances de ce genre, c'est que j'ai Charlie Adams pour ami ! Charlie opère dans une camionnette de dépannage d'un garage local, et est toujours prêt à tout laisser en plan pour se porter à mon secours.

J'appuyai sur la touche d'appel rapide que j'ai programmée pour le joindre – il m'arrive si souvent d'oublier mes clés sur le tableau de bord, et autres étourderies du même genre ! Il décrocha dès la troisième sonnerie.

– Salut, Charlie, c'est Nancy. Je…

– Contente-toi de me donner l'adresse, coupa-t-il. J'arrive.

Comme vous le constatez, il a l'habitude ! Il fut sur place quelques instants plus tard.

– Où étais-tu ? demandai-je, époustouflée par sa rapidité.

– À deux pâtés de maisons d'ici, déclara Charlie, hilare. Encore une chance ! Ça m'aurait déplu que tu fasses le pied de grue par cette chaleur !

Il ne lui fallut pas longtemps pour ouvrir ma portière à l'aide d'un outil semblable à une sorte de règle souple. Dans le même temps, il me mit au courant des rumeurs qui couraient dans notre petite ville et des dernières nouvelles.

– Je t'ai gardé le plus croustillant pour la fin, Nancy ! conclut-il en récupérant mes clefs pour me les tendre. Les Smalley sont de retour ! J'ai vu Merrie et Carrie à l'épicerie, hier soir. Elles sont aus… Hé ! Je rêve ! Les voilà !

Je fis volte-face avec un coup au cœur. Merrie et Carrie Smalley entraient à cet instant précis au Greene's Department Store, le grand magasin de l'autre côté de la rue. Que faisaient-elles à River Heights ?

– Je vais voir, Charlie ! Je veux savoir ce qu'elles mijotent !

– Tu es sur une affaire, c'est ça ?

– Exact ! lui criai-je par-dessus mon épaule en m'élançant. Merci pour les clés !

Vous vous demandez pourquoi je ne payais pas Charlie pour sa peine ? Eh bien, il n'accepterait pas d'argent, de toute façon. Il y a des années que je bataille avec lui sur ce sujet ! Il s'obstine à dire que c'est à lui de décider s'il veut ou non facturer ses services à un client.

Mes pensées se concentrèrent sur Carrie et Merrie. S'il y avait deux filles encore plus antipathiques que Deirdre, c'étaient bien elles ! Nous étions allées en classe ensemble, et elles avaient tout fait pour m'empoisonner la vie. Bien entendu, elles n'étaient jamais parvenues à leurs fins ! Mais du temps où elles habitaient ici, j'avais toujours eu l'impression de devoir surveiller mes arrières. Nous n'avions jamais eu de bonnes relations, car elles étaient jalouses de moi et de mes amies. Mais cela s'était encore gâté après que j'eus découvert un testament authentique d'Albert Washington, un de leurs parents : ce dernier ne laissait pas un sou aux Smalley – eux qui avaient cru hériter de tout son argent !

Aussitôt après avoir été privés de l'héritage attendu, les Smalley avaient quitté River Heights. J'étais réellement inquiète de les savoir de retour, maintenant. Ils n'avaient sûrement pas oublié le rôle que j'avais joué dans leur déconvenue. S'y ajoutait un fait troublant : l'avocat de l'autre branche de la famille, lors de l'affaire du testament, n'était autre que Henry Mead ! Cela ne pouvait être une simple coïncidence… Oui, j'aurais bien aimé savoir ce que les Smalley mijotaient aujourd'hui – et si cela n'avait pas un lien avec une certaine horloge disparue !

8. Les sœurs Smalley

Après un bref coup de fil à Ned pour l'avertir de mon retard – il avait l'habitude ! – je gagnai l'entrée du Greene's Department Store, tout en cherchant une cause plausible au retour des Smalley à River Heights. Le fait était si anormal ! Dès mon entrée, j'aperçus Carrie et Merrie à mi-chemin de l'allée principale. Elles riaient. Soudain, Merrie effectua un ample geste théâtral, et heurta un vase avec son bras, le renversant à terre, où il se brisa.

La vendeuse se précipita pour constater les dégâts. Je l'entendis s'exclamer :

– Quelle catastrophe ! Un vase de cinq cents dollars ! Il va falloir prévenir le directeur.

– Pardon ? jeta dédaigneusement Merrie. Je ne vais certainement pas le payer, si c'est ce que vous insinuez !

– Vous travaillez dans ce rayon ? lança Carrie à la vendeuse.

– Oui, bien sûr…

– Et vous êtes responsable de la disposition des vases sur ce présentoir ? continua Carrie.

– Oui, c'est moi qui les place sur l'étagère. Pourquoi ?

– Cette question ! fit Merrie.

– C'est de votre faute si le vase est tombé ! hurla Carrie à la vendeuse.

Celle-ci pâlit :

– Comment ça, de ma faute ? Que voulez-vous dire ? Ce n'est pas m…

À cet instant, une femme s'avança près du groupe – je la reconnus, c'était la responsable du rayon.

– Que se passe-t-il, Mary ? demanda-t-elle.

Carrie ne laissa pas à la vendeuse la possibilité de répondre :

– Votre employée accuse ma sœur d'avoir renversé ce vase, prétendit-elle. Mais c'est elle qui l'avait placé trop près du bord ! Vous devriez retenir ça sur son salaire !

– Je suis persuadée qu'il n'était pas mal placé ! plaida Mary auprès de la responsable. Je n'aurais jamais…

Je n'allais certes pas permettre que les détestables sœurs Smalley retournent la situation contre cette pauvre fille ! Je me hâtai de rejoindre le quatuor, et affirmai :

– J'ai tout vu, madame ! Ce n'était pas la faute de votre vendeuse !

Je me tournai vers Merrie :

– Vous devriez éviter de faire des mouvements inconsidérés, mademoiselle Smalley ! On ne gesticule pas ainsi à proximité d'un étalage d'objets fragiles !

– Oh, merci, merci ! s'écria la vendeuse. Je savais bien que je n'y étais pour rien !

La responsable s'adressa à moi :

– Merci, mademoi… Mais, oh, je te reconnais ! Tu es Nancy Drew !

– Oh, c'est bien elle, il n'y a pas à en douter ! siffla Merrie.

Quant à Carrie, elle me foudroya du regard.

Gare ! Les chiens étaient lâchés !

– Nancy, je te remercie de ton intervention, reprit la responsable – qui continua à l'adresse de la vendeuse : Mary, demandez à un agent d'entretien de venir enlever les débris, il ne faudrait pas que quelqu'un se blesse. Quant à vous, mesdemoiselles, vous recevrez la facture correspondant aux dégâts !

Alors que la vendeuse s'éclipsait, les jumelles Smalley eurent un ricanement nerveux. De toute évidence, elles ne s'étaient pas attendues à ce que leur duplicité se retourne contre elles !

Maintenant que nous étions face à face, et sans témoins, j'avais la sensation que la température était tombée très en dessous de zéro ! Loin de battre en retraite, je tentai, au contraire, de leur soutirer un maximum d'informations :

– Il paraît que votre famille envisage de se réinstaller ici ?

– En effet, répondit Merrie après avoir échangé un sourire en coin avec sa sœur. Si tout se passe comme nous l'espérons. Je ne vois d'ailleurs pas pourquoi ce ne serait pas le cas !

Carrie s'écria d'un ton suraigu :

– Nous allons revenir à River Heights !

– Vous ne vous plaisez pas où vous êtes ? demandai-je, réprimant un frisson.

– Non ! hurla Carrie. C'est *ici* qu'était notre chez-nous ! C'est à cause de toi que nous avons dû partir ! Tu nous y as forcées !

– Et tu le regretteras, crois-moi ! menaça Merrie.

Là-dessus, elles tournèrent les talons et sortirent au pas de charge.

Figée sur place, je tentai d'imaginer ce que deviendrait ma vie à River Heights avec ces deux-là dans les parages, complotant pour prendre leur revanche sur moi.

J'attendis un instant pour être sûre qu'elles soient hors de vue ; puis je quittai le magasin à mon tour, me dirigeant vers *L'Écho*.

Ned m'attendait, assis sur le capot de ma voiture. Il semblait pensif.

– Ned, je suis désolée ! lançai-je. Il y a eu un imprévu !

– Oui, Charlie m'a mis au courant.

– C'est un jour à marquer d'une pierre noire ! J'étais si contente quand Carrie et Merrie ont quitté River Heights ! C'était comme si un énorme nuage noir s'était enfin écarté de nous.

– Je ne suis pas plus heureux que toi de cette nouvelle, avoua Ned en se remettant debout. Les Smalley sont de sales gens !

Je l'informai de ce que les jumelles m'avaient dit, ou plutôt jeté à la figure !

– Je ne sais que penser, conclus-je. Tu vas me trouver paranoïaque, mais ça ne m'étonnerait pas qu'elles soient mêlées d'une façon ou d'une autre aux récents événements.

– Là, je crois que tu vas trop loin, Nancy ! Tu ne peux pas être très objective en ce qui les concerne, reconnais-le.

– Oui, bien sûr, je l'admets. Il n'empêche que... Oh, et puis, zut ! je ne veux pas penser à elles maintenant.

Je consultai ma montre et soupirai :

– Je suis en retard à la réunion du comité.

– Tu m'avais prévenu de ce rendez-vous ? demanda Ned, l'air convaincu du contraire.

– J'ai oublié de t'en parler, soupirai-je de plus belle.

– Et si tu laissais carrément tomber cette réunion pour t'octroyer un moment de détente ? T'offrir une bonne coupe glacée, par exemple ?

– Ce ne serait pas de refus, mais je suis trop en retard dans mes projets ! Je risque de ne pas m'en sortir. Je ne tiens pas à annuler la réunion, je préfère assumer notre retard... Oh, mon Dieu ! Je devais t'emmener à la bibliothèque, n'est-ce pas ? Pardon, Ned ! Pourquoi ne me l'as-tu pas rappelé ?

– Je me doutais que le retour de Carrie et Merrie te ferait un choc. Du coup, j'ai téléphoné à un copain de mon groupe de travail pour prévenir que je ne viendrais pas. De toute façon, chaque fois qu'on se réunit pour bosser, c'est moi qui coache toute la bande ! Ça les obligera à activer leurs cellules grises, pour une fois ! Ce n'est pas un drame !

Je lui donnai un petit baiser sur la joue :

– Tu es adorable. Et moi, en dessous de tout !

– Tu n'es pas en dessous de tout ! protesta Ned, m'enlaçant par les épaules. Tu es Nancy Drew, et tu as un mystère à élucider ! Alors, cesse de t'apitoyer sur toi-même !

– Cela ne me ressemble pas, hein? fis-je avec un grand sourire.

– Pas du tout !

– Eh bien, suis-moi ! décidai-je en ouvrant ma portière. Allons à la bibliothèque et réglons cette affaire !

Dès notre entrée dans la Mahoney Library, je sus que quelque chose clochait, une fois de plus. Vous savez comment c'est : des gens en train de chuchoter se taisent brusquement d'un air coupable en vous voyant, conscients que vous n'ignorez pas qu'ils parlaient de vous, mais cherchant quand même à donner le change… Eh bien, les documentalistes avaient exactement cette mine-là !

C'était presque comique. Je dis *presque* car je n'avais guère envie de rire ! Je ressentais cette déplaisante sensation familière au creux du ventre…

– Prépare-toi au pire, me souffla Ned. On dirait que tu te retrouves en première ligne plus tôt que prévu !

Soudain, les documentalistes s'égaillèrent dans diverses directions, laissant sur place celle qu'ils avaient entourée un instant plus tôt : Mme Corning. Elle me décocha un regard glacial. Je n'avais pas la moindre idée de ce qui avait encore pu se produire !

– Navrée d'être en retard, lançai-je d'une voix forte – ne me souciant guère d'être rappelée à l'ordre : il n'y avait pas de lecteurs proches, je ne risquais pas de déranger. J'ai eu un contretemps ! Je suppose que les autres membres du comité sont déjà partis ?

Elle acquiesça, en silence. Lorsque Ned et moi l'eûmes rejointe, je demandai :

– Quelque chose ne va pas ?

– Je t'accorde deux réponses, et la première compte pour rien, fit Mme Corning.

Pour un peu, j'aurais éclaté de rire ; je n'avais pas entendu cette saillie depuis l'école élémentaire, et c'était une copine qui me l'avait lancée, pas une adulte.

– Désolée, lui dis-je, mais je ne suis pas d'humeur à jouer aux devinettes.

– Justement, Nancy, cette commémoration n'a rien d'un jeu !

– Ce n'est pas de la commémoration qu'il est question, martelai-je avec un début de colère, car je commençais à être excédée qu'on me crée des problèmes. Je parle de ce qui ne va pas !

À cet instant, une documentaliste s'approcha de la bibliothécaire en chef. Elle tenait le lot d'enveloppes que j'avais adressées aux auteurs d'ouvrages pour enfants.

Mme Corning le désigna d'un mouvement de menton :

– Martha a trouvé ceci dans un tiroir du classeur proche de ton bureau. Ce courrier était censé partir hier !

– En effet. C'est pourquoi je l'avais placé dans le casier « départ » qui se trouve sur mon bureau. J'ignore qui a pu le mettre dans le classeur.

– Tu es peut-être *persuadée* de l'avoir mis à l'envoi, fit valoir Mme Corning. Tu as eu des causes de distraction, récemment ; et c'est exactement le genre de chose qui arrive lorsqu'on n'a pas la tête à ce qu'on fait.

Les regards de tous étaient braqués sur moi. Je restai songeuse un instant. Puis :

– Pourquoi Martha a-t-elle regardé dans ce meuble ?

– C'est Deirdre qui me l'a conseillé, répondit Martha.

– Vraiment ? fis-je, décochant à Ned un regard aigu. Très intéressant ! D'où lui est venue cette idée ?

– Elle s'est présentée à la réunion du comité, *à l'heure*, souligna Mme Corning. Comme tu n'arrivais pas, elle a demandé si j'avais les noms des écrivains que tu avais sélectionnés ; je lui ai dit que les invitations étaient déjà parties. Mais j'ai suggéré que la liste pouvait se trouver encore sur ton bureau ou dans le classeur, et je l'ai autorisée à aller vérifier.

– Pourquoi avait-elle besoin de ces informations ?

– Parce qu'elle voulait sortir les ouvrages des rayons pour commencer à préparer les vitrines, Nancy. Ce qui m'a paru très judicieux. Après tout, rien de concret n'a encore été entrepris !

– Oui, bien sûr. J'ai parlé sans réfléchir.

En réalité, mes neurones s'activaient à toute vitesse ! Et je me disais que ma première théorie était sans doute la bonne : Deirdre était à l'origine des problèmes que je rencontrais dans l'organisation de cette commémoration !

Il ne fallait pas être devin non plus pour l'imaginer dans la grande salle, en pleine nuit, occupée à desceller l'horloge du mur… Je m'avisai très vite, bien entendu, que cette dernière hypothèse était ridicule. Il n'y avait rien d'invraisemblable, en revanche, à ce qu'elle ait voulu m'empoisonner la vie en sabotant toutes mes entreprises dans le comité !

Je tendis la main vers les enveloppes :

– Je vais poster ça tout de suite.

– Je m'en chargerai moi-même, Nancy, si tu permets, m'assena sèchement Mme Corning.

Je serrai les mâchoires, m'efforçant, non sans mal, de garder mon sang-froid :

– Soit. Je pense demander à M. Franklin de déplacer quelques vitrines. J'ai un certain nombre d'idées sur la présentation des ouvrages de la section de littérature enfantine.

– M. Franklin a donné sa démission ce matin, m'apprit Mme Corning.

– Il a *démissionné* ? m'étonnai-je.

Elle confirma d'un hochement de tête et suggéra en regardant Ned :

– J'espérais que ton ami pourrait t'aider pour la manutention.

– Bien sûr que oui, affirma précipitamment Ned. Je peux m'en charger. Ce n'est pas du tout un problème, Nancy ! S'il y a des meubles trop lourds, je demanderai à des copains de m'aider !

Je l'entendais, bien sûr, mais je ne prêtais pas véritablement attention à ses propos. J'avais l'esprit ailleurs, comme lancé sur des montagnes russes !

– M. Franklin aurait-il trouvé un autre travail ? m'enquis-je.

– Il prétend que non. Mais il portait un costume flambant neuf, ajouta Mme Corning. Ça m'a paru bizarre.

En effet ! Quand on quitte un emploi, on ne va pas claquer son argent dans les magasins ! Sauf, bien entendu, si on vient de toucher un pactole après la vente d'un objet volé…

– Ah, Nancy, te voilà ! lança soudain une voix derrière nous.

Je me retournai et vis arriver Ellis, le sourire jusqu'aux oreilles. Il nous rejoignit sans me quitter des yeux, et me déclara :

– Je serai ravi d'aller au cinéma avec toi, ce soir !

Je cillai. Je sentais le regard de Ned rivé sur moi.

– Pardon ? fis-je, déconcertée.

Sans se soucier de la présence de Ned, qu'il semblait ne même pas avoir remarqué, Ellis répéta :

– J'accepte de t'accompagner au ciné ! À quelle heure je passe te prendre ?

– Mais de quoi parles-tu ? lâchai-je enfin. Je ne suis pas du tout au courant !

Cette fois, ce fut lui qui resta interloqué !

– Tu as laissé un message sur mon répondeur. Pour me demander si j'étais d'accord pour aller voir un film avec toi, spécifia-t-il. Tu as dû téléphoner lorsque j'étais sous la douche.

– Ellis, ce n'était pas moi !

– Pourtant, on aurait cru ta voix ! Tu as dit : « Salut, c'est Nancy. Si on allait au cinéma ce soir ? Je veux discuter d'un truc important. »

Je le dévisageai sans prononcer un mot. Je devais me résoudre à l'évidence : je n'étais pas victime d'une série de blagues inoffensives. Quelqu'un cherchait à me démolir !

9. En quête de preuves

Heureusement, Ned parut croire à ma version des faits ! Mais, après cet incident, je n'avais qu'une envie : être seule, oublier tout cela ! Je déposai donc mon copain chez lui, puis je rentrai à la maison.

Dès que je franchis le seuil, je fus accueillie par une délicieuse odeur de cookies fraîchement sortis du four. Et je sus que, pour un moment du moins, tout irait bien.

– Je suis là, Hannah ! lançai-je.

Avant même que j'atteigne la cuisine, elle s'avança à ma rencontre, s'essuyant les mains à un torchon.

– Qu'est-ce qui ne tourne pas rond ? demanda-t-elle.

Quand je ne vais pas bien, elle s'en aperçoit toujours, rien qu'au son de ma voix ! J'étais pourtant sûre d'avoir habilement joué la comédie, prenant un ton enjoué pour dissimuler mes états d'âme. J'aurais dû me douter qu'on ne peut pas la tromper !

– C'est une longue histoire, dis-je.

– J'ai tout mon temps, assura-t-elle. Monte donc dans ta chambre pour te mettre à l'aise, et allonge-toi. Je t'apporte du lait et des cookies.

Je faillis observer que j'étais « trop vieille » pour ça ! Mais c'était si tentant...

Pendant toute l'heure suivante, j'eus l'impression d'être redevenue une petite fille, du temps où ma mère venait juste de mourir et où Hannah était venue habiter chez nous pour s'occuper de la maison. Elle faisait beaucoup plus que ce qu'on attendait d'elle. Si j'avais le moindre problème, elle écoutait mes confidences, puis elle y mêlait son grain de sagesse – et je me sentais mieux. Bien sûr, tout comme aujourd'hui, les cookies et le lait étaient sans doute pour beaucoup dans cette amélioration !

– Personne n'a jamais prétendu qu'il était facile de venir à bout d'une énigme, Nancy, me dit-elle. Si c'était le cas, n'importe qui y parviendrait. Tu as tout simplement besoin de vider ton esprit de tout ce qui l'encombre, et puis d'y remettre de l'ordre.

Au lieu de rétorquer que c'était plus facile à dire qu'à faire, car j'aurais eu l'air de m'apitoyer sur mon sort, je pris une mine ragaillardie :

– Je vais ressusciter la bonne vieille Nancy Drew pour régler ça !

Hannah se leva de mon lit :

– Tu n'as jamais échoué. Alors, tu résoudras cette affaire aussi.

Juste à cet instant, la sonnette d'entrée retentit. J'allais me lever pour descendre ouvrir, mais Hannah déclara :

– Je m'en charge, Nancy. Il faut que je retourne à la cuisine, de toute façon. C'est sûrement un gosse du voisinage qui vient me livrer une emplette de la semaine dernière !

Les étagères de notre placard à provisions regorgent de bougies parfumées, de coffrets de papier à lettres encore intacts, de sachets de fruits secs et de bonbons ! Nous pourrions créer un fonds de soutien bien doté en revendant tout ce qu'elle a acheté pour aider des ménages modestes qui cherchent à gagner un peu d'argent !

– Tu as le cœur trop tendre, Hannah !

– C'est possible, concéda Hannah qui

souriait jusqu'aux oreilles. Mais j'aime bien encourager l'esprit d'initiative, et j'admire la débrouillardise des petits de l'école élémentaire.

Me pelotonnant au creux de mon oreiller, savourant mon bien-être, je commençai à mettre un peu d'ordre dans le fatras déconcertant qui se rapportait à l'horloge disparue et à la commémoration.

Alors que je réfléchissais à tout cela, on frappa à ma porte.

– Entre, Hannah ! fis-je. Que je voie ce que tu as acheté !

– C'est moi, annonça Ned de l'autre côté du battant.

Je me redressai brusquement :

– Ned ? Que fais-tu ici ?

– Je suis venu m'excuser. Tu es visible ?

Je me levai d'un bond, rajustai les couvertures :

– Oui, entre !

Il y a, dans un coin de ma chambre, de confortables fauteuils devant un poste de télévision. Ce fut là que je me dirigeai lorsque Ned poussa la porte. Me laissant tomber sur un siège, et plaçant commodément mes pieds sur un tabouret, je lançai :

– T'excuser ? Et de quoi ?

Il s'assit près de moi :

– Je n'aurais pas dû me montrer aussi jaloux

quand Ellis s'est réjoui de t'accompagner au cinéma. J'aurais dû savoir qu'on l'avait mené en bateau !

– Pardonne-moi, Ned, je crois que je ne m'en suis même pas aperçue ! C'est vrai, tu étais jaloux ? fis-je avec un large sourire.

– Évidem..., commença-t-il – aussitôt interrompu par un deuxième coup de sonnette.

– On se croirait à la foire ! commentai-je. Cette fois, c'est sûrement un gamin du voisinage qui apporte à Hannah ce qu'elle lui a commandé.

Nouvelle erreur de ma part ! Un instant plus tard, George et Bess faisaient leur apparition.

– Oh, pardon ! s'excusa Bess. Hannah ne nous a pas averties que tu avais de la compagnie.

– Ned regrette d'avoir été jaloux, expliquai-je gaiement. J'hésite à accepter ses excuses !

Ned sourit et se mit debout :

– Avertis-moi de ta décision quand tu l'auras prise, Nancy ! Je dois aller à la fac ! À plus !

– À plus, Ned !

Quand il fut parti, Bess s'enquit :

– Qu'est-ce que tu as, Nancy ? Tu ne te sens pas bien ?

– Je suis contrariée, c'est tout, soupirai-je.

Rien ne marche ! C'est à croire que je fais tout de travers.

– Bref, tu as pitié de toi-même, c'est ça ? me lança George, toujours caustique.

– Pas du tout ! protestai-je. C'est juste que je me sens… incapable. Bonne à rien, quoi.

Bess rétorqua aussitôt :

– Et il ne t'est pas venu à l'idée que c'est exactement ce qu'on recherche ?

– Comment ça ?

– Nancy, on joue avec tes nerfs ! On veut que tu renonces !

– Tu crois ?

– Bess a raison ! intervint George. Nous sommes venues te dire que nous avons entière confiance en toi. Tu es capable d'élucider ce mystère !

– Et nous sommes prêtes à t'aider, quoi que tu entreprennes ! enchérit Bess.

– Merci, les filles. Vous êtes géniales ! Je me sens déjà beaucoup mieux.

– Bon, on commence par quoi ? s'enquit George.

– Eh bien, pour ce qui est de l'enquête, là tout de suite, je n'ai pas besoin de vous; mais ça m'aide de savoir que vous croyez en moi. En revanche, vous pourriez me donner un coup de main pour les affiches de la commémoration.

– Marché conclu ! fit George.

Je les mis au courant de ce que Mme Corning m'avait appris sur M. Franklin ce matin-là.

– Je le soupçonne encore plus qu'avant, conclus-je.

– Effectivement, il a une attitude déroutante, reconnut Bess. Quand on quitte un travail, on ne s'empresse pas de dépenser son argent.

– À sa place, je ne m'achèterais pas des vêtements neufs ! approuva George. Ou il est idiot, ou il a eu une rentrée d'argent.

– Je ne crois pas que Willy Franklin soit stupide, dis-je en décrochant mon téléphone. Je viens d'avoir une idée. J'appelle le chef McGinnis.

Comme vous vous en doutez, Bess et George pensèrent que j'étais folle. Mais je savais que j'atteindrais mieux mon but si le chef était impliqué. Je lui demandai donc s'il acceptait de passer me voir car j'avais à l'entretenir de Willy Franklin. Il y consentit à contrecœur – du moins en apparence ! Je devinai au son de sa voix qu'il avait très envie de savoir si j'avais du nouveau sur le mystère qui nous occupait. N'ignorant pas qu'il ne se démène guère, j'étais prête à parier que j'avais déniché plus d'informations que lui !

Lorsque le chef arriva devant chez nous,

George et Bess étaient parties. Je descendis en toute hâte et courus jusqu'à sa voiture.

– Allons faire un tour, dis-je.

– Je ne suis pas censé promener les citoyens, Nancy ! grommela-t-il. Un arrêté municipal interdit ce genre de chose !

– Ce n'est pas comme si vous m'emmeniez écumer les magasins, chef, observai-je en m'installant sur le siège passager de sa voiture de patrouille. Nous sommes sur une enquête !

Il hésita. Il aurait aimé exercer son autorité d'une façon ou d'une autre, je le voyais bien. Mais ne voyait pas comment !

Poussant un gros soupir, il manœuvra pour repartir en sens inverse, et quitta notre allée :

– Bon, soit, où allons-nous ?

– Chez Willy Franklin, dis-je en lui donnant l'adresse.

Là-dessus, je racontai au chef McGinnis ce que Mme Corning m'avait appris.

– Il a pu s'acheter des habits pour quantité de raisons, fit-il valoir. S'il a fait des économies, il a pu décider d'en utiliser une partie pour fêter sa démission.

Je réfléchis à cette suggestion, et finis par déclarer :

– C'est une possibilité, effectivement. Mais ça ne lui ressemble pas.

J'avais conscience que ce n'était pas un argument valable ! En réalité, j'obéissais à mon intuition. Quand on cherche à élucider un mystère, il faut savoir parfois se laisser guider par son instinct !

– Je persiste à penser que nous devons le surveiller, repris-je. Selon moi, Willy Franklin n'est pas du genre à économiser. Je suis persuadée qu'il a eu une rentrée d'argent. Il a peut-être volé l'horloge de la bibliothèque, et trouvé un acheteur ! Cela expliquerait qu'il soit en fonds.

Le chef garda le silence ; mais il était visible qu'il réfléchissait à mon hypothèse.

Quand nous arrivâmes enfin dans la rue de Willy Franklin, il se gara pile devant la maison.

– Ce n'est pas très discret, observai-je. J'avais imaginé qu'on se garerait un peu plus loin, et qu'on remonterait l'allée pour voir si on remarquait quelque chose de louche.

Il me regarda :

– Pourquoi aurions-nous procédé ainsi ?

– S'il est coupable, et s'il nous voit, il pourrait prendre la fuite.

– Il nous attend, Nancy ! m'apprit-il d'un air triomphant.

De toute évidence, il était convaincu de s'être montré plus malin que moi, cette fois !

– Dans ce cas, autant se garer ici, dis-je,

consciente d'avoir le mauvais rôle. Je ne pensais pas que vous lui aviez téléphoné.

– Aussitôt après ton appel, révéla le chef, toujours aussi satisfait de lui. Je savais que tu voudrais t'en mêler, Nancy ! Je t'ai vue trop souvent à l'œuvre pour ne pas connaître tes méthodes !

– J'espère qu'il est encore là, lâchai-je.

Il me dévisagea :

– Que veux-tu dire ?

– Eh bien, Willy Franklin n'est pas un demeuré. S'il a volé l'horloge, en procédant de cette manière, vous lui indiquez qu'il est peut-être soupçonné : vous dévoilez vos batteries.

Le chef n'avait visiblement pas pensé à ça.

– Vite, il faut l'arrêter ! cria-t-il.

Il jaillit hors de la voiture et se mit à courir vers la maison. Si Willy Franklin n'avait rien redouté auparavant, ce n'était sûrement plus le cas maintenant ! Le chef avait l'air d'un commando à lui tout seul.

– Police ! Ouvrez ! tonna-t-il.

– Vous allez l'affoler, chuchotai-je. Ce n'est pas le but recherché. Il suf…

La porte d'entrée s'ouvrit, et Willy Franklin apparut sur le seuil, l'air ensommeillé :

– Qu'est-ce que c'est que ce boucan ? grommela-t-il.

Sans lui laisser le temps d'enregistrer ma présence, et de réfléchir à ce qu'elle pouvait signifier, je lançai :

– Bonjour, monsieur Franklin ! Enchantée de vous revoir. Quel dommage que vous ne puissiez plus participer à la commémoration !

Marmonnant « dans sa barbe », il se tourna vers le chef McGinnis :

– Que voulez-vous dire ?

– Nous avons besoin de votre aide, déclarai-je. Peut-on entrer ?

Le chef me décocha un regard furibond, mais ne pipa mot.

– Euh, oui, bien sûr, lâcha M. Franklin.

Je crois qu'il était pris au dépourvu. Il s'était sans doute préparé à ce qu'on l'accuse d'un méfait quelconque. Il fit volte-face, nous précédant dans son séjour, et nous lui emboîtâmes le pas. Les lieux n'étaient pas aussi épouvantables que je l'aurais cru ; mais, s'il avait volé l'horloge et l'avait revendue pour une forte somme, en tout cas il n'avait pas consacré une partie de l'argent à changer son mobilier !

– Asseyez-vous, nous dit-il.

Il écarta de vieux journaux et du linge sale, et s'installa au bout du canapé. Il fallait espérer qu'aucune créature bizarre n'allait surgir en rampant de derrière les coussins !

– En quoi puis-je vous aider? reprit M. Franklin.

Génial, il avait mordu à l'appât ! Avant que le chef McGinnis gâche tout, je déclarai :

– Je me demande pourquoi je n'y ai pas pensé plus tôt ! Vous êtes probablement la seule personne en mesure de résoudre le mystère !

Il eut l'air interloqué.

– Vous étiez à même de remarquer tous ceux qui ont regardé l'horloge d'un peu trop près, continuai-je, espérant le convaincre de la vraisemblance de mon affirmation. Pouvez-vous nous dire si quelqu'un a observé le cadran de manière répétée, comme s'il – ou *elle* – voulait se faire une idée de la façon dont on pouvait le retirer du mur ?

Bon sang ! Ça commençait à paraître vraiment bête !

Mais M. Franklin avait mordu à l'hameçon. Il hocha la tête comme si toute une ribambelle de comportements suspects lui revenaient en mémoire. Un sourire apparut sur son visage – le seul que je lui aie jamais vu. Il pensait certainement que le chef et moi manquions de la plus élémentaire jugeote, et qu'il nous roulerait dans la farine ! Il se lança en effet dans une des histoires les plus extravagantes que j'aie jamais entendues – visiblement ravi de suggérer que des habitants influents de River Heights étaient susceptibles d'avoir perpétré ce grave délit.

– Monsieur Franklin, excusez-moi, le coupai-je à un moment donné, j'ai très soif. Pourrais-je avoir un verre d'eau ?

– Oh, oui, bien sûr, je t'en prie. La cuisine est par là, me répondit-il avec un mouvement du menton – tout à ses rocambolesques récits.

Je me levai, et partis dans la direction indiquée. Je n'avais pas spécialement soif – et si cela avait été le cas, je n'aurais certainement pas bu dans un verre sorti de ses placards peu reluisants ! Je venais de penser que, s'il avait volé l'horloge, il ne l'avait peut-être pas encore vendue et qu'elle pouvait être toujours dissimulée chez lui.

10. Suspect en fuite

Je longeai le couloir, gagnant rapidement la porte qui se trouvait tout au bout. La poignée en était graisseuse, comme si la dernière personne qui l'avait manipulée n'avait pas pris soin de se laver les mains après quelque tâche salissante. *Beurk !*

Malheureusement, je devais inspecter les lieux. Enveloppant ma main dans un pan de mon chemisier, je tournai le bouton et ouvris. La pièce devait être une chambre ; mais elle contenait tant de boîtes et d'objets de rebut qu'il était difficile de l'affirmer ! Je rabattis le battant, puis allumai, et me faufilai prudemment parmi tout ce bric-à-brac, espérant y dénicher la fameuse horloge ; cependant, remuant les piles de vieux vêtements et fouillant dans les plus grosses boîtes, je ne trouvai rien d'intéressant.

J'escomptais que M. Franklin, tout à ce qu'il racontait au chef McGinnis, ne prêterait pas attention à la durée de mon absence ; mais je devais faire vite, par précaution !

Après avoir éteint et quitté la chambre, je revins sur mes pas pour examiner les trois pièces restantes, ainsi que la salle de bains. Elles étaient envahies par un effroyable fatras, elles aussi. Quelle drôle de façon de vivre !

De nouveau, je traversai le couloir pour revenir au salon. La cuisine se trouvait à ma gauche, et je décidai d'y jeter un coup d'œil. J'aurais mieux fait de m'en abstenir : il y avait de la vaisselle sale partout ! Si elle avait vu ça, Hannah serait tombée à la renverse !

Au fond de la cuisine, une porte menait très certainement dans la cour arrière. Il me vint soudain à l'idée qu'il pouvait y avoir une remise, où M. Franklin aurait caché l'horloge. Je regardai par une fenêtre, et n'aperçus aucun abri d'aucune sorte. D'ailleurs, de toute évidence, M. Franklin n'avait pas mis les pieds au jardin depuis un bout de temps ! Les mauvaises herbes l'avaient envahi.

Avait-il pu louer un de ces boxes de stockage qui avaient récemment essaimé dans tout River Heights ? Si c'était le cas, il faudrait que je m'en procure la clef, qu'il gardait sans doute dans sa poche ; ou que je le file jusque-là dans l'espoir de le surprendre en train de manipuler l'objet volé…

Consciente de m'être éclipsée trop longtemps, je retournai en vitesse au salon. Je n'aurais pas dû me faire de souci ! Ni le chef McGinnis ni M. Franklin ne levèrent le nez à mon entrée ; on eût dit que je n'avais jamais quitté la pièce. L'ex-gardien de la Mahoney Library était en train de déclarer :

– J'ai aussi vu que Lucy Gonsalvo la regardait. Une fois, j'ai pratiquement dû l'entraîner dehors, elle refusait de quitter la bibliothèque.

– Pourquoi ? m'enquis-je.

Il se tourna vers moi et me dévisagea en cillant, comme s'il avait oublié ma présence :

– Elle prétendait qu'elle lui rappelait une horloge de son ancien pays. C'est comme ça qu'elle a dit, son « ancien pays ». Mais elle n'a pas précisé lequel.

– Je crois que personne ne sait vraiment d'où elle vient…, lâchai-je.

– Bref, elle aussi a pu convoiter l'horloge ! continua M. Franklin.

– Bon, jusqu'ici, nous avons une quinzaine de suspects potentiels, résuma le chef. Voyez-vous quelqu'un d'autre ?

M. Franklin grommela en se grattant le menton :

– Ma foi..., là comme ça, ça ne me revient pas. Si je me rappelle autre chose, je vous téléphonerai. Comme tout le monde à River Heights, je désire que cette horloge retrouve sa place !

Là-dessus, il nous gratifia d'un large sourire.

« Cause toujours ! » pensai-je. Ce n'était pas du tout l'impression qu'il m'avait donnée à la réunion du comité ! Bien entendu, je gardai cette réflexion pour moi. Il était inutile de le provoquer. J'avais une certitude, en tout cas : il savait plus de choses qu'il ne voulait l'admettre sur la disparition de l'horloge, et prenait un malin plaisir à nous entraîner sur de fausses pistes en s'étendant sur les mobiles fallacieux d'innocents habitants de River Heights !

Je me levai :

– Eh bien, merci, M. Franklin, tout cela est très intéressant. Mais nous devons nous en aller.

Le chef me décocha un regard qui semblait signifier : « C'est moi qui commande dans cette enquête ! » – même s'il semblait aussi prêt que moi à quitter les lieux.

Alors que nous revenions vers sa voiture de patrouille, je lui déclarai :

– En vous regardant opérer, j'ai appris beaucoup de choses sur la manière de cuisiner un suspect. C'était une véritable leçon d'investigation criminelle.

– Vraiment ? fit-il, visiblement ravi du compliment.

– Oui, continuai-je. Il était évident, à la façon dont vous le laissiez parler, que vous vouliez l'amener à s'enferrer, à se trahir luimême

– Nancy, c'était exactement mon but ! Cela a marché, n'est-ce pas ?

– La manœuvre était magistrale ! approuvai-je – et il se rengorgea de plus belle ! M. Franklin cherchait uniquement à détourner nos soupçons en impliquant une bonne moitié de la ville. Son attitude prouve qu'il en sait plus qu'il ne veut l'avouer sur la disparition de l'horloge !

– C'est aussi mon avis, prétendit le chef. J'espérais déjouer ses manigances.

– Et vous y avez réussi ! affirmai-je.

Pendant tout le trajet du retour chez moi, le chef McGinnis ne cessa de pavoiser. À l'instant où il me déposait dans notre allée, je lâchai :

– Vous devriez le faire surveiller par un de vos hommes. S'il va chercher l'horloge là où il l'a dissimulée, pour la vendre, vous n'aurez plus qu'à le cueillir.

– Je t'ai devancée sur ce point, Nancy. J'ai déjà pris cette mesure !

– Bravo, chef !

Je le saluai d'un signe de la main, puis gagnai notre portail, qui s'écarta à l'instant même où j'allais tourner la poignée.

– Oh, Hannah, tu m'as fait peur ! m'exclamai-je.

– Désolée, Nancy, ce n'était pas mon intention. Comme je t'ai vue arriver, je suis venue t'ouvrir.

Je réalisai alors que j'avais quitté la maison sans emporter mon sac ni mes clés !

– Merci, Hannah ! Le chef McGinnis m'a emmenée chez M. Franklin pour le questionner au sujet du vol de l'horloge, et je n'ai plus pensé à rien d'autre !

– Au fait, tu as eu un coup de fil de Lizzie Romer. Elle semblait affolée.

– Lizzie Romer ? Tu es sûre que c'est ce nom-là ?

– Certaine. Elle m'a chargée de te dire qu'elle a besoin de te parler, et elle demande si tu peux passer déjeuner demain chez sa sœur Janice. J'ai noté l'adresse sur un papier, dans ta chambre.

Pour une surprise, c'en était une ! Lizzie et

Janice Romer étaient des parentes éloignées d'Albert Washington, l'homme dont le troisième et dernier testament – découvert par moi – déshéritait les Smalley !

– Je rappelle Lizzie tout de suite, décidai-je. Elle a laissé son numéro ?

– Non. D'ailleurs, elle était sur le point de sortir, et ne rentrera pas de la soirée. Elle ne m'a communiqué aucun numéro de téléphone mobile – si elle en a un !

Je montai dans ma chambre, l'esprit en ébullition. J'étais déjà submergée par les problèmes qui se rattachaient à la Mahoney Library... Allais-je devoir aussi revenir en arrière, et démêler une vieille affaire que j'avais crue résolue ?

Je ne dormis pas très bien, cette nuit-là, ce qui est plutôt inhabituel. Je ne cessai de m'agiter, en essayant d'assembler les pièces du puzzle. Je crois bien n'avoir dormi qu'une heure ou deux ! Après avoir passé en revue toutes les raisons qui me poussaient à rester sous ma couette, le lendemain matin, je finis par en trouver une qui, si elle ne me tira pas véritablement du lit, suffit cependant à me redresser sur mon séant et à me faire saisir le téléphone pour appeler le chef McGinnis.

– Bonjour, chef ! répondis-je à son « allô ». Je désirais seulement savoir si vos hommes ont découvert quelque chose au sujet de M. Franklin.

Je m'attendais à quelque réponse condescendante. Il me surprit en disant :

– Eh bien, en fait, oui, Nancy.

Comme il ne donnait pas de détails, je m'enquis :

– Et de quoi s'agit-il ?

– Il s'est rendu dans plusieurs boutiques de prêt-à-porter, et il a acheté une série de chemises, pantalons, chaussettes, sous-vêtements, ceintures et chaussures.

« Tiens, tiens, pensai-je. De mieux en mieux !... »

– Où est-il allé, exactement ? voulus-je savoir.

Le chef m'énuméra divers magasins bon marché de River Heights.

– Ensuite, il est rentré chez lui, conclut-il. Mais j'ai posté un de mes hommes à l'autre bout de son pâté de maisons, dans une voiture banalisée. Où qu'il aille, nous le saurons.

Je saisis alors l'occasion de révéler au chef que j'avais fouillé rapidement la maison de M. Franklin, l'autre jour, le verre d'eau n'ayant été qu'un prétexte.

Je sus au léger soupir qui lui échappa qu'il

n'était pas enchanté de l'apprendre. Il se garda pourtant de tempêter, il aurait aimé savoir si j'avais déniché quoi que ce soit ! Je lui appris que j'avais fait chou blanc.

– Mais, achevai-je, M. Franklin a très bien pu louer un box pour cacher l'horloge.

Je sus à l'instant même que le chef McGinnis venait de couvrir son récepteur avec sa paume pour s'adresser à un collègue, car des voix assourdies me parvinrent. Je réussis à comprendre qu'il s'agissait de « voir du côté des garde-meubles ». Je ne savais pas trop comment le chef comptait procéder ! Il ne me semblait pas que nous avions assez d'éléments pour obtenir un mandat de perquisition et fouiller tout box que M. Franklin aurait pu louer. Le chef voulait peut-être simplement vérifier si M. Franklin avait effectué une telle location : cela aurait été louche en soi – surtout si cela s'était produit pendant les derniers jours écoulés !

– Il faut que j'y aille, Nancy, m'annonça le chef, de nouveau bien audible. Je te tiendrai au courant s'il y a du nouveau.

Je n'allais certes pas me contenter de ces paroles !

– D'accord, dis-je pourtant. Et moi de même.

Au moment où je raccrochais, j'entendis qu'Hannah accueillait quelqu'un dans le vestibule. Un instant plus tard, Bess et George surgissaient dans ma chambre.

– Vite, habille-toi ! me lança Bess. On t'emmène !

– Qu'est-ce qui se passe ?

– Tu n'imagines pas ce qu'on vient de voir ! s'écria George. Dépêche-toi !

– Bon, OK, dis-je, enfilant à la hâte les vêtements que j'avais ôté la veille au soir. Allons-y !

– Nancy, tu ne vas pas sortir comme ça ! protesta Bess. Rien n'est assorti !

J'avais oublié qu'une partie des habits abandonnés sur mon fauteuil avaient été portés l'avant-veille. Ceux que j'avais passés n'allaient pas du tout ensemble, c'était clair. J'enlevai le haut que j'avais mis pour passer l'autre.

– Là, voilà, fis-je. C'est mieux, non ?

Bess se contenta de hausser les sourcils. Ce n'était guère plus harmonieux, j'en avais conscience. Mais si j'avais bien compris, ce qu'elles avaient à me montrer était plus important que le respect des canons vestimentaires !

Bess ouvrit la marche dans l'escalier et nous sortîmes sans tarder pour nous installer toutes les trois dans sa voiture.

– Où va-t-on ? m'enquis-je.

– Tu ne vas pas tarder à le savoir, déclara George.

– C'est un kidnapping ou quoi ?

– Après que tu auras vu ce qu'on veut te montrer, tu préféreras peut-être qu'on t'enlève pour de bon pour te transplanter ailleurs ! Regarde sur ta droite.

Trois pâtés de maisons plus loin, je ne pus réprimer un tressaillement. Devant une des plus vastes demeures de River Street, debout sur la pelouse, affairées auprès de plusieurs déménageurs, se trouvaient Merrie et Carrie Smalley !

– Pincez-moi, j'hallucine, dis-je, me tordant le cou pour continuer à suivre la scène à travers la lunette arrière alors que nous roulions. Comment les Smalley peuvent-ils se payer une maison pareille ?

– Alors, là, fit Bess, ça me dépasse ! Oh, bon sang ! Ce que je peux détester ces filles-là !

– J'étais déjà tombée sur elles dans un magasin, lui appris-je. Elles m'avaient affirmé que si ça tournait comme elles l'espéraient, elles se réinstalleraient à River Heights.

– Eh bien, apparemment, ça a tourné superbien ! commenta George. Je me demande à quoi elles faisaient allusion…

– Et moi donc !

– Tu veux qu'on refasse un tour devant la maison, Nancy ? s'enquit Bess. Elles sont trop occupées à régenter les déménageurs, elles ne nous remarqueront pas plus que la première fois !

– Non, je préfère ne pas courir ce risque. Je ne voudrais pas leur donner la satisfaction de croire que leur retour m'importe à ce point !

– D'accord avec toi là-dessus, m'approuva George. Je ne peux pas supporter ces deux garces !

– En plus, je suis invitée à déjeuner chez les sœurs Romer, ajoutai-je. Il faut que je me prépare !

– Romer..., murmura Bess. Je connais ce nom-là.

Je leur rappelai l'enquête que j'avais menée voici un certain temps, et qui avait eu pour effet de priver les Smalley d'un héritage convoité.

– Tiens, tiens ! s'exclama George. Tu crois qu'il y a un lien avec le reste ?

– Je ne sais que penser, répondis-je. Mais dès que je serai revenue de ce déjeuner, je vous dirai de quoi il retourne.

Une fois devant chez moi, Bess s'engagea dans l'allée et me déposa devant notre porte. À l'instant même où j'allais entrer la clé dans la serrure, Hannah ouvrit. Décidément, cela devenait une habitude !

– Il faut que tu appelles le chef McGinnis tout de suite, me déclara-t-elle.

Je grimpai les marches de l'escalier quatre à quatre pour gagner ma chambre, afin de pouvoir noter d'éventuelles informations importantes dans le calepin posé sur mon chevet.

Ce fut la secrétaire du chef que j'eus au bout du fil, cette fois. Elle reconnut ma voix aussitôt :

– Ne quitte pas, Nancy.

Le chef McGinnis ne tarda pas à prendre la communication, et annonça sans perdre de temps :

– M. Franklin s'est rendu en taxi à la gare routière. Il y a acheté un billet pour San Antonio, Texas. Il n'avait qu'une petite valise. Le policier qui l'a pris en filature rapporte qu'il semblait avoir peur.

11. Le puzzle est presque complet

– Il y a un truc qui ne colle pas, chef ! m'alarmai-je. M. Franklin n'est pas du genre à s'effaroucher d'un rien, j'en suis sûre !

– Aucun de mes hommes n'inventerait une chose pareille, Nancy ! Si mon agent a trouvé qu'il avait l'air effrayé, c'est qu'il l'était.

– Je ne prétends pas qu'il affabule, chef ! Je dis que ça ne cadre pas avec le caractère de M. Franklin, spécifiai-je en étouffant un soupir. Quoi qu'il en soit, que comptez-vous faire ?

– Rien du tout, mais…

– Il faut agir ! le coupai-je. M. Franklin est suspect dans cette affaire ! Si nous le laissons prendre la tangente, il…

– … mais je connais le chauffeur du car, poursuivit le chef, ignorant mon interruption. Il a épousé une de mes cousines. Il m'a promis de m'avertir si M. Franklin descendait avant d'avoir atteint San Antonio.

Je sentis qu'il se réjouissait de m'avoir battue sur mon propre terrain, mais je fis comme si de rien n'était, ce qui le piqua pour de bon, j'en suis sûre.

– Et une fois que M. Franklin arrivera à San Antonio, que se passera-t-il ? m'enquis-je.

– J'ai alerté là-bas un de mes amis de la police, dit le chef McGinnis. Il a pris des dispositions pour filer M. Franklin où qu'il aille.

– Vous avez un tas d'amis dans tout le pays ! Je suis impressionnée.

Avec orgueil, il me répondit :

– Voici quelques années j'ai été dirigeant de l'organisation nationale des chefs de la police. Je rencontrais du monde, et je me suis fait un grand nombre de relations.

Je savais parfaitement qu'en apprenant cela, il cherchait à me signifier qu'il n'était pas aussi stupide que le pensent de nombreux habitants de notre ville. Pour ma part, je ne l'ai jamais pris pour un débile ! Simplement, je trouve qu'il néglige souvent des éléments très importants dans les enquêtes.

Continuant à lui passer de la pommade, je déclarai :

– Je dis toujours que nous avons de la chance de vous avoir à la direction de la police, chef. Vous me préviendrez, si le chauffeur du car vous apprend du nouveau ?

– Bien sûr, Nancy. Les citoyens de River Heights doivent travailler main dans la main pour débarrasser nos rues des criminels.

– Vous avez raison ! Vous pouvez compter sur moi ! Bon, je dois vous quitter. Merci de m'avoir tenue au courant ! Au revoir !

Là-dessus, je raccrochai. Puis je consultai ma montre. Si je ne me dépêchais pas, je serais en retard à mon déjeuner avec Lizzie et Janice Romer. Je vérifiai l'adresse de Janice, puis je me mis en route.

Heureusement, il y avait peu de trafic dans River Street, où il est parfois très difficile de circuler à l'heure du déjeuner. J'atteignis la résidence de Janice en peu de temps, me garai sur un emplacement de parking réservé aux visiteurs, repérai l'immeuble où elle habitait et, un instant plus tard, je sonnais à sa porte.

– Oh, Nancy, merci d'être venue ! s'exclama-t-elle en m'ouvrant.

Elle avait les yeux légèrement rougis, comme si elle avait pleuré. À moins qu'elle ne souffrît d'une allergie... Pendant mon trajet en voiture, j'avais vu, sur un panneau d'affichage d'une clinique de la ville, que le taux de pollinisation était élevé, aujourd'hui.

Lizzie survint presque aussitôt à côté d'elle, et renchérit :

– Oui, merci de tout cœur ! Nous savions que nous pouvions compter sur toi !

– Bien sûr ! Je suis contente que vous ayez pris contact ! C'était une agréable surprise.

– Le repas est prêt, précisa Janice. Si tu as besoin de te rafraîchir, la salle de bains est par là.

Lorsque j'entrai dans la salle à manger après m'être lavé les mains, Lizzie et Janice étaient déjà attablées, et m'attendaient.

– J'ai préparé un simple buffet avec des salades variées, annonça Janice. J'ai pensé que cela te permettrait d'y trouver ton bonheur.

– Mmm, tout ça est très appétissant ! fis-je en m'asseyant à mon tour. Vous êtes si bonnes cuisinières. J'aimerais avoir ce talent !

Je disposai sur mon assiette un assortiment de hors-d'œuvre, en continuant à adopter une attitude gaie et tonique. Il était en effet visible qu'elles étaient très perturbées ! Après avoir avalé quelques bouchées, je décidai que le mieux était d'aller droit au fait :

– Lizzie, Hannah m'a dit que tu étais bouleversée au téléphone. Si vous m'expliquiez ce qui ne va pas ?

– Nous… nous ne savons pas trop par où commencer, fit Janice, hésitante, en sortant une lettre qu'elle avait jusque-là tenue serrée sur ses genoux. Le mieux, c'est que tu lises ceci et que tu nous dises ensuite ce que tu en penses.

Je pris la lettre qu'elle me tendait. Elle leur était adressée par un avocat de la région, dont le cabinet se trouvait à une quarantaine de kilomètres, au bord de la Muskoka. Son nom ne m'était pas familier. En prenant connaissance de la missive, j'eus un frisson dans le dos. Ce courrier informait les sœurs Romer qu'un avocat avait examiné le *troisième* testament manuscrit par lequel feu Albert Washington leur léguait une grosse somme d'argent : il avait établi qu'il s'agissait d'un faux ; elles devaient restituer la totalité de l'argent qu'elles avaient reçu.

Je levai les yeux, et vis qu'elles me regardaient avec un air d'expectative.

– Cette lettre *semble* authentique, admis-je. Mais je n'ai jamais entendu parler de ce cabinet d'avocats. Cela ne signifie pas grand-chose, notez bien. Papa connaît beaucoup d'avocats et je l'ai souvent entendu citer leurs noms… Mais il ne peut pas les connaître tous, bien sûr…

J'eus un temps d'arrêt et hochai la tête avant de conclure :

– Quand même… je n'arrive pas à croire que tout ça soit vrai !

– Nous sommes dans tous nos états, Nancy, comme tu t'en doutes, reprit Lizzie. Il nous reste encore une partie de l'argent, ça oui, mais nous avons entamé la somme bien sûr, et nous sommes dans l'incapacité de tout restituer !

– Sinon, nous nous retrouverons une fois de plus dans la misère ! continua Janice. Nous commencions à peine à vivre un peu !

Je me remémorai, à ces paroles, ma première rencontre avec Janice et Lizzie Romer. Les jumelles habitaient alors une petite ferme à quelques kilomètres de River Heights. Leurs parents étaient morts dans un accident d'auto, les laissant pratiquement sans le sou. Elles avaient cependant réussi à survivre tant bien que mal en vendant des œufs et des légumes. C'était leur bonté envers Albert Washington qui leur avait permis de se refaire une existence. Le jour où il s'était arrêté dans leur ferme pour acheter des tomates primeur, elles étaient loin de se douter de sa fortune ! Il avait fini par passer la majeure partie de l'après-midi à écouter l'histoire de leur vie, s'intéressant à leurs astuces pour que les poules pondent davantage ou pour que les insectes ne dévorent pas leurs plants de tomates… Bref, il s'était pris de sympathie pour elles ! Et il s'était mis à leur rendre visite une ou deux fois par semaine pour le seul plaisir de bavarder avec elles. Tous trois étaient déjà plutôt proches au moment où il était tombé malade et avait dû renoncer à ses visites dans leur ferme.

Quand il les avait conviées à passer le voir, elles avaient été stupéfaites par sa richesse. Elles avaient également été révoltées par le traitement que lui réservaient les Smalley ! Ces derniers, qui étaient les plus proches parents d'Albert Washington, avaient décrété qu'il leur revenait de s'occuper de lui en permanence. Mais ils le laissaient souvent seul pendant de longues périodes. C'était une chance pour lui que Lizzie et Janice viennent : il leur arrivait de le trouver à terre, incapable de se relever ! De toute évidence, pensaient-elles, les Smalley n'en avaient qu'après l'argent d'Albert. En effet, ceux-ci ne tardèrent pas à se vanter auprès de qui voulait les entendre qu'Albert Washington avait refait un testament, par lequel il leur léguait l'ensemble de ses biens.

Les Smalley avaient tenté d'empêcher les jumelles Romer de voir Albert ; mais Carrie et Lizzie avaient pu renouveler leurs visites, car, à la fin de sa vie, les Smalley l'avaient pratiquement abandonné à lui-même. Je suis convaincue que c'est au cours d'une de ces entrevues qu'Albert avait rédigé un *troisième* testament – celui que j'avais trouvé – pour laisser une grande part de sa fortune à Janice et à Lizzie. Le reste allait aux parents qu'il avait dotés dans son premier testament, et qui contestaient d'ailleurs le deuxième – celui dont se réclamaient les Smalley.

– Nous ne savons que faire, Nancy ! déclara Lizzie. Hier, nous sommes allées à River City, tout près de là où nous habitions, pour consulter un policier de notre connaissance.

Janice enchaîna :

– Il a dit que cette lettre lui paraissait authentique, bien qu'il ne soit pas un expert.

Je remis la lettre dans son enveloppe et demandai :

– Puis-je la garder pour la montrer à papa ?

– Tu ferais ça pour nous ? s'écria Lizzie. Nous avons confiance en toi, de toute façon.

– Je le ferai très volontiers !

Nous achevâmes leur délicieux repas. Puis je les quittai, en leur promettant de reprendre contact avec elles le lendemain au plus tard.

Je pris le chemin du retour à la maison, convaincue que les Smalley étaient les instigateurs de cet étrange envoi. Mon intuition me soufflait aussi qu'ils se trouvaient impliqués, d'une façon ou d'une autre, dans les ennuis que j'avais à la bibliothèque ! Il n'était finalement pas impossible que Deirdre soit hors de cause…

Alors que je m'engageais dans notre rue, je réalisai que j'aurais mieux aimé être accompagnée par Ned lorsque j'affronterais les sœurs Smalley sur toute cette affaire ! Je l'appelai sur son mobile.

– Je suis devant chez toi, prêt à aller sonner à la porte, me dit-il. Où es-tu ?

– Je rentre d'un déjeuner chez Carrie et Lizzie Romer. Ne bouge pas, j'arrive dans une minute. Nous devons nous rendre quelque part.

– Entendu, Nancy, je t'attends.

Un instant plus tard, je me garais près de la voiture de Ned. Il en descendit rapidement et monta dans la mienne :

– Où va-t-on ?

– Chez les Smalley.

Je le mis rapidement au courant de ce que je venais de découvrir chez Lizzie et Janice.

– Les Smalley sont derrière tout ça, Ned, j'en mettrai ma main au feu !

Il m'approuva :

– Effectivement, approuva-t-il, les éléments que tu as réunis semblent s'agencer en ce sens !

Il récapitula tout ce qui s'était produit depuis le vol de l'horloge de la Mahoney Library – sans négliger les divers incidents dont j'avais été victime en tant que présidente du comité d'organisation pour le soixante-quinzième anniversaire.

– Oui, au regard des nouvelles récentes, il est logique de voir la main des Smalley dans ces événements ! déclarai-je. Ceux qui ont manigancé tout ça ont une dent contre moi, c'est clair ! Et c'est le cas des Smalley !

Ned hocha vigoureusement la tête.

Nous venions de nous engager dans la rue des Smalley. Au moment où nous approchions de leur numéro, le spectacle que je découvris sur leur perron me stupéfia.

– Ellis ? Qu'est-ce qu'il peut bien faire là ? hoquetai-je.

D'abord, Ned ne réagit pas. Il était aussi étonné et dérouté que moi, je suppose. Il finit par lâcher alors que nous continuions à rouler :

– Il vient peut-être reprendre des ouvrages qui n'ont pas été rendus à temps ?

– Ben voyons, rigolai-je.

Je savais bien que Ned ironisait. Les sœurs Smalley n'étaient pas du genre à aimer la lecture !

Leurs activités favorites, c'étaient le shopping et les sorties mondaines. Et puis, aucune bibliothèque n'envoyait un membre de son personnel récupérer des ouvrages empruntés ! Le documentaliste s'était forcément rendu là pour une affaire personnelle... Que diable faisait Ellis Lamsley chez ces gens ? me demandai-je, une fois de plus frappée par la singularité de son nom...

Tandis que je négociais un virage, mon mobile sonna. Ned prit la communication à ma place. Bess était au bout du fil, avec George : ils voulaient que nous les rejoignions au plus vite chez les Fayne.

– L'invitation tombe à pic, Bess, dis-je dans le récepteur que me tendait Ned. J'ai quelque chose de très bizarre à vous apprendre.

Comme nous n'étions qu'à quelques pâtés de maisons de la villa de George, il ne nous fallut pas longtemps pour arriver. Je me précipitai vers l'entrée avec Ned, et nous sonnâmes.

Ce fut George qui ouvrit. Je sus d'emblée, à son expression, qu'il s'était produit quelque chose – et que la nouvelle était mauvaise !

– Annonce-moi ça en douceur, George, s'il te plaît, fis-je.

Nous trouvâmes Bess au salon, figée dans un fauteuil. Tout à coup, j'eus réellement très peur.

– C'est papa ou Hannah ? dis-je avec effort. Il leur est arrivé quelque chose ?

– Non ! Non, pas du tout, Nancy ! déclara Bess en se levant aussitôt. Mais il n'y a vraiment pas de quoi se réjouir, alors, nous tenions à être avec toi quand tu l'apprendrais.

Je m'apprêtai à recevoir un choc.

– Très bien. Je vous écoute.

– Toutes les affiches que nous avions préparées pour la commémoration sont détruites : un dégât des eaux, annonça George.

Je la dévisageai fixement, à la fois soulagée – je m'étais attendue au pire ! – et furieuse.

– Il y a eu une inondation ? À la bibliothèque ?

J'imaginais déjà la Mahoney Library envahie par des trombes d'eau…

– Non, juste une fuite au sous-sol, précisa Bess. Un tuyau percé, paraît-il. Là où nous avions remisé les affiches comme tu nous le recommandais dans ton mot.

– Je n'ai jamais demandé de porter les affiches au sous-sol ! m'écriai-je. Ce billet n'est pas de moi ! C'est quelqu'un d'autre qui l'a écrit !

Mes amies et Ned restèrent interdits. Prenant une profonde inspiration, je dis à Bess et à George :

– Moi aussi, j'ai une drôle de surprise pour vous : Ellis Lamsley a rendu visite aux Smalley. Nous venons de le voir entrer chez eux.

Bess eut un haut-le-corps, et George s'écria :

– Tu te fiches de moi ! Qu'irait-il faire chez ces gens ?

– C'est ce que nous allons découvrir, déclarai-je. Nous partons tous à la bibliothèque pour être là quand il y retournera.

Puis, ayant marqué un temps d'arrêt, je laissai tomber en regardant mes amis tour à tour :

– De plus, je démissionne du comité !

12. Un nom pour un autre

Nous montâmes tous les quatre dans ma voiture, et partîmes vers la Mahoney Library. Une fois sur place, ne trouvant pas à me garer devant, je contournai le bâtiment en expliquant :

– Autant prendre l'entrée de service. Elle est plus près du bureau de Mme Corning, et ça m'évitera d'affronter tout le monde. Les documentalistes me considèrent sûrement comme une bonne à rien !

– Nancy ! protesta Bess. Tu n'es pas une bonne à rien !

– Ben voyons, répète-le encore une fois, murmurai-je.

– Quelle force de conviction ! C'est fou ! ironisa George. Tu vas persuader tout le monde, avec ça !

Pendant que nous montions le court escalier du quai de livraison des marchandises, je repassai dans mon esprit le petit discours que je réservais à Mme Corning. Mais, à l'instant même où nous ouvrions la porte de derrière donnant dans l'entrepôt, je vis, juste à notre gauche, la bibliothécaire en chef : elle déchirait des affiches d'apparence intacte !

À ce spectacle, Bess et George tressaillirent. Quant à Mme Corning, elle hurla dans notre direction :

– Vous n'êtes pas autorisés à entrer ici ! Qu'est-ce que ça signifie ?

Ned rétorqua aussitôt :

– Nous vous retournons la question, madame Corning ! N'est-ce pas, Nancy ? acheva-t-il en se tournant vers moi.

Les pièces du puzzle, peu à peu, étaient en train de se mettre en place : et l'image que je découvrais n'était pas du tout celle que j'avais anticipée !

D'une voix presque inaudible, je murmurai :

– Je ne comprends pas, madame Corning… Je me donnais tant de mal pour que cette commémoration soit réussie…

Tout à coup, la bibliothécaire enfouit son visage entre ses mains et éclata en sanglots.

– Je voulais te déconsidérer, Nancy, hoqueta-t-elle. Parce que... c'est ta faute si Helen est partie !

J'en restai abasourdie. Dire que Mme Corning avait nourri cette énorme rancune contre moi, et pendant si longtemps ! C'était étrange de voir surgir tout cela au grand jour après tant de temps écoulé...

Je m'approchai d'elle et lui saisis la main, en proposant le plus gentiment que je pouvais :

– Si on en discutait ailleurs ?

Elle parut d'abord incertaine, puis craqua.

– Très bien, murmura-t-elle en levant un visage sillonné de larmes. Il y a une vieille table et quelques chaises de l'autre côté de ces piles de cartons. Nous pouvons nous y installer. Je... je ne me sens pas capable de retourner dans la salle de lecture, maintenant que... que vous m'avez surprise. Je ne supporte pas d'affronter les autres.

– Il n'y a aucune raison qu'ils soient au courant, lui déclarai-je pendant que nous traversions l'entrepôt. Nous pouvons sûrement nous arranger pour tout remettre sur les rails, et faire que cette commémoration se déroule bien.

– Non... non, il est trop tard, maintenant, Nancy, dit-elle en secouant la tête.

Nous étions parvenus près de la table et nous nous assîmes. M'efforçant de me montrer conciliante, je plaidai :

– Il n'est jamais trop tard. Quand on réfléchit comme il faut, on trouve une solution, quel que soit le problème.

Elle acquiesça, mais ne dit rien.

– Je savais qu'Helen ne pensait qu'à devenir actrice, continuai-je. C'est pourquoi j'ai suggéré qu'elle aille vivre chez son père tout en suivant des cours de comédie. Pour qu'elle voie comment se passaient les choses, et si ça pouvait marcher… Aujourd'hui, je réalise que j'aurais dû tenir compte aussi de vos sentiments. Je suis désolée.

– J'ai été égoïste, je n'ai pensé qu'à moi…, avoua Mme Corning. J'ai voulu te déconsidérer, mais j'ai eu bien du mal à me prêter au jeu, Nancy. Seigneur, j'ai honte de mes actes ! Ils étaient dictés par une rancune absurde. J'aurais dû m'expliquer avec toi avant le départ d'Helen.

Elle marqua un temps, nous regardant avec des yeux humides de larmes, puis continua :

– Je m'excuserai publiquement de ce que je t'ai fait. Et puis je démissionnerai de mon poste de bibliothécaire en chef.

– Mais non, voyons… vous n'avez rien

commis d'illégal, lâchai-je. Ces excuses doivent rester entre ces quatre murs.

Je ne pouvais pas vouloir que cette affaire soit connue de tous ! Cela risquait d'entacher durablement la réputation professionnelle de Mme Corning, qui avait tant œuvré pour cette bibliothèque !

– N'est-ce pas ? insistai-je, prenant mes amis à témoin. Qu'en dites-vous ?

Ned, George et Bess hochèrent la tête, mais un peu à contrecœur. Ils n'étaient visiblement pas enchantés que Mme Corning s'en tire à si bon compte !

Pourtant, Bess suggéra :

– Nous pourrions réaliser une copie en papier mâché de l'horloge, pour la commémoration. Nous devons unir nos efforts pour que cet anniversaire soit un succès, n'est-ce pas ?

– Bien sûr, l'approuva Ned. Il suffit d'un peu de bonne volonté.

– Madame Corning ! lança une voix, non loin de la porte qui s'ouvrait dans la salle de lecture principale.

– C'est le chef McGinnis ! chuchotai-je. Je me demande ce qu'il veut !

Celui-ci appela de nouveau :

– Madame Corning, vous êtes là ?

– Oui, oui, chef ! cria-t-elle en maîtrisant son

émotion de son mieux. Nous sommes là derrière, dans l'entrepôt ! Nous discutons de la commémoration. Qu'y a-t-il pour votre service ?

En poussant la porte et en nous voyant réunis, le chef déclara :

– Je désirais vous interroger sur un de vos documentalistes, madame Corning. Je suis content que Nancy soit présente. Il faut qu'elle entende ça !

– Je ne comprends pas, lâcha Mme Corning, l'air désorienté. Il y a un problème ? Lequel ?

– C'est justement ce que j'aimerais découvrir, répondit le chef McGinnis.

– De quel documentaliste voulez-vous parler, chef ? demandai-je en avançant d'un pas.

– Ellis Lamsley.

À ce nom, j'adressai un coup d'œil aigu à mes amis. Après la scène que nous avions surprise et notre confrontation avec Mme Corning, j'avais presque oublié pourquoi nous étions venus en tout premier lieu !

– Nous avons obtenu un mandat pour examiner les relevés de compte bancaires de M. Franklin, continua le chef, et cela nous a permis de faire une curieuse découverte.

– Vraiment ? dis-je avec curiosité. Laquelle ?

– M. Franklin a déposé sur son compte deux chèques émis par Ellis Lamsley. Le premier d'un montant de deux cents dollars, et le deuxième de quatre cents.

– Pourquoi Ellis lui a-t-il versé de l'argent ? s'enquit George.

– Je n'en ai pas la moindre idée, déclara le chef McGinnis.

– Il pourrait s'agir d'un prêt, suggéra Bess. Il a peut-être eu pitié de M. Franklin…

– Je ne crois pas du tout que ce soit ça, intervins-je. À mon avis, il s'agit de chantage.

– *De chantage ?* s'écrièrent-ils en chœur.

– Pour quel motif M. Franklin ferait-il chanter Ellis ? me lança Ned.

Comme j'allais commencer mes explications, une voix retentit à proximité :

– Tiens ! Je ne savais pas qu'il y avait encore une réunion du comité !

Nous fîmes volte-face : Ellis se tenait à quelques pas de nous. Depuis combien de temps se trouvait-il là ? Et qu'avait-il entendu ? Décidant d'en avoir le cœur net, je l'interrogeai à brûle-pourpoint :

– Où sont les pierres précieuses ?

À cette question, le groupe se tourna vers moi et personne, sans doute, ne vit donc pâlir Ellis.

– Quelles pierres précieuses ? crâna-t-il.

– Tu sais très bien de quoi je parle ! Des

pierres précieuses que tu as dénichées après avoir volé l'horloge !

Il tenta aussitôt de prendre la fuite, mais Ned fut plus prompt que lui. Il le rattrapa et le plaqua au sol avant même qu'il ait atteint la porte de la salle de lecture.

Ellis s'affala avec un bruit sourd en poussant un cri de douleur.

– Mon bras ! geignit-il. Tu me l'as cassé, espèce de sale brute !

George lui lança avec dédain :

– Tu parles d'un athlète ! Une vraie mauviette, oui !

Le chef McGinnis fit un pas et assena :

– Ellis Lamsley, je vous arrête !

Et il récita ses droits à Ellis tout en lui passant les menottes.

– Je ne m'appelle pas Lamsley ! répliqua Ellis.

Il se tourna vers moi et ricana :

– Mon nom est *Smalley* ! Même la grande Nancy Drew en personne n'a pas été fichue de réaliser que Lamsley est l'anagramme de Smalley !

Je ne me donnai pas la peine de lui dire que son nom m'avait frappée et intriguée depuis le début ! Le chef McGinnis était déjà en train de l'emmener. Mais Ellis résista en lançant :

– Quoi ? Vous ne voulez pas connaître le fin mot de l'histoire ?

– Si, bien sûr, admis-je. Mais dans tout bon scénario qui se respecte, quelqu'un recommande toujours à l'accusé de garder le silence, ou de ne parler qu'en présence de son avocat !

– L'avocat, tu le vois devant toi ! lança avec morgue Ellis.

– Pff ! souffla Bess en levant les yeux au ciel. N'importe quoi !

– Je suis plus futé que n'importe quel avocat de cette ville ! Aucun jury ne me condamnera après avoir entendu ma version de l'affaire !

Je m'avisai soudain qu'Ellis était suffisamment habile et beau parleur pour atteindre son but ! Pourtant, j'avais plus foi que lui dans la justice de River Heights : j'étais convaincue que le jury le déclarerait coupable !

– Avance ! lui ordonna le chef McGinnis, le saisissant à l'épaule.

Ellis se dégagea d'un mouvement brusque, et m'affronta d'un air de défi. L'espace d'une seconde, je crus presque qu'il allait se jeter sur moi, afin d'avoir sa revanche d'une façon ou d'une autre. Mais il ne bougea pas. Il nous raconta cependant ce qui s'était passé, et le chef McGinnis le laissa dire.

Ellis était un cousin des Smalley. Ceux-ci s'étaient engagés à l'envoyer à l'université, et à payer ses études de bibliothécaire. Mais, lorsque j'avais découvert le dernier testament d'Albert Washington, qui les déshéritait, les Smalley n'avaient plus eu les moyens de tenir leur promesse. Ellis avait été obligé de travailler dans des fast-foods pour vivre. À en juger par sa description, il se jugeait au-dessus de ce genre de job, c'était indigne de lui ! Sa rancune et sa colère envers moi n'avaient cessé de croître : il s'était promis de se venger un jour ; et de restituer l'argent à sa famille.

Quand il avait su que Ben Mullins avait légué à la Mahoney Library tous ses dessins et documents, il avait usé de son charme pour y obtenir un poste, à seule fin d'accéder à ces pièces ! Il avait toujours cru à l'histoire des joyaux enterrés... Après avoir examiné les papiers du joaillier, il avait acquis la certitude que les indications tant recherchées sur la cachette des pierres précieuses se trouvaient dans l'horloge de la bibliothèque : là était la clé du mystère !

Il avait donc ourdi son plan, et était passé à l'action. Malheureusement, il n'avait pas compté avec le retour inopiné de M. Franklin, venu récupérer des outils dont il avait besoin ! Le gardien avait surpris Ellis en train de voler l'horloge. Il avait réclamé de l'argent en échange de son silence. Ellis avait cru pouvoir se permettre de lui accorder une petite compensation en liquide, étant donné qu'il espérait tirer de son opération une somme considérable. Il n'avait pas prévu que M. Franklin se montrerait de plus en plus cupide ! Ce dernier avait en effet réclamé une partie du butin. Les Smalley – au courant du plan d'Ellis – avaient alors décidé qu'il fallait y mettre le holà. Tout le clan s'était rendu avec Ellis chez M. Franklin, et l'avait menacé de l'expédier dans un endroit où personne ne le retrouverait jamais…

– Franklin a fichu le camp dès le lendemain pour le Texas ! ricana Ellis. Il savait très bien que nous aurions tenu parole !

– Alors, Ralph Mullins et sa famille n'ont rien à voir avec l'affaire ? m'enquis-je.

– Non ! s'écria Ellis, avec véhémence. Et ces gens-là ne méritent pas non plus d'avoir les joyaux !

– C'est toi qui as simulé un appel d'Henry Mead, et envoyé la lettre aux sœurs Romer ? continuai-je.

Ellis hocha la tête :

– C'était un peu brutal, d'accord. Mais je voulais que tu sois totalement désorientée, Nancy.

Le chef McGinnis intervint, le saisissant par un bras :

– Bon, nous en avons assez entendu comme ça !

Il appela par radio un de ses hommes, qui patientait au-dehors dans une voiture de patrouille.

– J'amène un criminel, lui annonça-t-il. J'ai résolu le mystère de l'horloge disparue.

Me décochant un regard significatif, George et Bess levèrent les yeux au ciel.

Ce fut cet instant que Deirdre choisit pour surgir :

– Qu'est-ce qui se passe ? Nancy ! Est-ce que tu te rends compte qu'il reste vraiment très peu de temps avant la commémoration ? Franchement, tu n'es pas du tout à la hauteur de tes responsabilités, et…

– Tu vas te taire, oui ? la coupa George. Ça suffit comme ça !

Deirdre en resta interdite. Elle finit par tempêter d'un air furibond :

– Personne ne me parle sur ce ton, compris ? Puisque c'est comme ça, je démissionne de ce comité ! Je refuse de collaborer à un échec ! Parce que cette cérémonie va capoter lamentablement, c'est clair !

– Merci pour cette initiative ! lui lançai-je. Tu m'épargnes la corvée de te virer, j'ai toujours eu ce genre de chose en horreur !

Je crus un instant qu'elle allait exploser de rage. Mais elle se contenta de tourner les talons et de partir au pas de charge.

– Enfin ! soupira George. Bon débarras ! On va pouvoir rattraper le temps perdu, maintenant !

– Et comment ! approuvai-je.

Ellis avait emporté l'horloge chez lui, et l'avait démontée pour rechercher d'éventuelles indications à l'intérieur. Il avait trouvé une carte gravée, qui pouvait passer à première vue pour un plan d'accès au trésor légendaire. Mais, en l'examinant de plus près, on s'apercevait qu'il s'agissait simplement d'une représentation topographique de River Heights. Ellis n'avait pas les joyaux, et il avoua qu'il n'avait pas trouvé la fameuse carte codée. Avait-elle jamais existé ? Et si oui, où se trouvait-elle ? C'était un mystère encore à élucider !...

Le chef McGinnis restitua l'horloge volée à la Mahoney Library et, sous la conduite de Ned, une foule d'habitants la réinstalla à sa place avec amour. Personnellement, je la trouvais encore plus belle !

Au cours des jours suivants, nous œuvrâmes fiévreusement afin que tout soit fin prêt pour la fête. Nous atteignîmes notre but, et la célébration fut à la haueur de nos attentes !

– J'ai un premier rôle dans un film cet automne, me chuchota Helen Corning, arrivée en avion la veille. Et tu ne croiras jamais qui sera mon partenaire !

Elle me chuchota un nom qui avait beaucoup compté dans le cinéma, mais qu'on ne voyait plus qu'à la télévision, de nos jours.

– Surtout, ne le dis à personne, Nancy ! Il n'a pas encore signé !

– Je me tairai, sois tranquille. Mais c'est formidable ! Je suis contente pour toi !

Elle m'étreignit.

– Merci d'avoir suggéré que je déménage en Californie.

Sa mère ne lui avait certainement pas révélé ce qui s'était produit, et je me gardai de mettre Helen au courant, bien sûr.

Soudain, quelqu'un fit cliqueter une cuiller contre sa coupe de champagne, et nous nous retournâmes tous machinalement. C'était Mme Mahoney qui, postée au pied dc l'horloge, attirait ainsi notre attention.

– J'ai quelque chose à vous annoncer ! dit-elle, faisant signe d'approcher à Helen et à sa mère. Mme Corning démissionne de son poste dès à présent, pour suivre sa fille Helen en Californie. Manifestons-lui notre reconnaissance pour tout ce qu'elle a accompli ici !

La foule éclata en applaudissements sincères. J'étais heureuse que les choses tournent aussi bien, au bout du compte. Mme Corning aurait démissionné de toute façon, étant donné les circonstances ; cela, j'en étais sûre. Mais si c'était pour être réunie à Helen, il n'y avait plus vraiment lieu de s'en attrister…

Après ce toast, je circulai parmi la foule, escortée par Ned, Bess et George : nous fûmes très félicités pour les vitrines, et surtout, pour l'horloge !

Au moment où les invités commencèrent à se disperser, nous nous retrouvâmes tous les quatre au pied du cadran, le contemplant avec un mélange d'émotion et de respect.

– Je me demande de quoi cette horloge sera témoin au cours des prochaines années, lâchai-je.

– Va savoir…, murmura George.

– Nous le découvrirons dès demain ! déclara derrière nous une voix féminine.

Evaline Walters était là qui souriait jusqu'aux oreilles. Elle nous annonça :

– Mme Mahoney m'a priée de remplacer Mme Corning, ne fût-ce que temporairement. Comme cette bibliothèque est privée de *deux* de ses membres, j'ai accepté !

– Oh, c'est merveilleux ! m'exclamai-je en l'étreignant. Ce sera comme au bon vieux temps !

– Mais j'ai besoin d'aide, continua-t-elle. Et je comptais plus ou moins sur vous quatre.

– Nous serons ravis de vous prêter main-forte, affirma Bess.

Je hochai vigoureusement la tête.

– Et comment ! Après tout, il faut que quelqu'un veille sur l'horloge, afin que ce qui s'est produit ne se renouvelle jamais ! conclus-je.

FIN

Nancy Drew Détective

1. Vol sans effraction
2. Seule face au danger
3. Un piège pour Leslie
4. Danger en plein ciel
5. Action !
6. Disparitions en plein désert
7. Mission au Costa Rica
8. Sabotage !
9. Sécession
10. Une croisière périlleuse
11. Course contre la montre